境内ではお静かに

神盗みの事件帖

天祢 涼
Ryo Amane

目次

装丁　西村弘美
装画　友風子

開帖

「もし雫《しずく》さんが源神社《ここ》をやめたら、その分、俺が働くから」

俺の言葉に、兄貴――草壁栄達《くさかべえいたつ》は不思議そうに首を傾《かし》げた。

「藪《やぶ》から棒にどうした？　雫ちゃんになにかあったの？」

「なにもないよ。ただ、ほら……学校が始まったら忙しくなるかもしれないと思って」

「本人は『神社の仕事を優先します』と言ってるけど、来年は高三だしね」

兄貴は頷《うなず》きつつも釈然としない顔をしながら、社務所に入っていった。つい余計なことを言ってしまった。深呼吸しようとしたが、うまく息を吸い込めない。生まれた瞬間から、誰に教わることなくやってきた行為なのに。無理もないか。

今日これから、雫に告白するのだから。

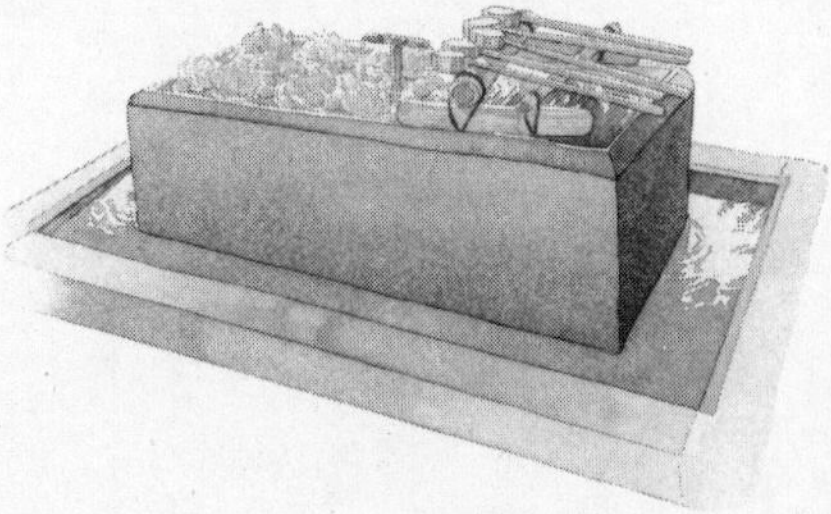

＊

兄貴が宮司《ぐうじ》――一般企業で言うところの社長――を務める源《みなもと》神社《じんじゃ》で俺が働き始めたのは、今年三月のこと。「住み込みで働ける」という話に飛びついただけで、神社への興味関心もなければ信心もない。そんな俺の教育係になってくれたのが、巫女《みこ》の久遠《くおん》雫だった。

見た目は、この世にこんなきれいな子がいるのか、と見惚れるほど。でも、「参拝者に愛嬌《あいきょう》を振り撒《ま》くのは巫女の務め」をモットーに神社を訪れる人たちには愛くるしく微笑《ほほえ》む一方で、俺にはにこりともせず、冷え冷えとした眼差《まなざ》しと口調でびしばし指導してくる。当然、最初は裏表のある冷たい子だとしか思わなかった。

でもちょっとずれているだけで、本当は優しい子だと気づくまでに時間はかからなかった。「名探偵」と頼られ、参拝者が持ち込んでくる謎を懸命に解こうとする姿に胸を打たれもした。いつの間にか抱いていた、この子が好きだという気持ち。それを自覚した矢先、雫が横浜に来てこの神社で働き始めたのは、お姉さんの死を巡る謎を解くためだったことがわかる。

お姉さんの死に責任を感じて、心に深い傷を負っていることも。

見ていられなかった俺は〝ある嘘《うそ》〟をついた。

その甲斐《かい》あって雫は救われたが、この嘘は、雫が俺のことを「神さまを人間の都合で利用するのが嫌だから『信心ゼロ』」だと思っているからこそ成り立つものだった。でも雫は巫女で、札幌にある神社の娘なのだ。信心ゼロでは決して結ばれない。

胸がつぶれそうになったけれど仕方がなかった。この嘘がばれないように、雫への気持ちを隠して信心ゼロを貫き続けるつもりだった——八月七日の、七夕祭《たなばた》りが終わるまでは。

いまは違う。

もう自分を抑えられない。どんなに雫を傷つけることになっても、この想《おも》いを伝えたい。

七夕祭りの夜、雫の頬を伝い落ちる水滴を見てから一睡もせず——いや、できず自分の本心と向かい合ったが、その気持ちは変わらなかった。すぐにでも告白するつもりだった。

でも雫は、高校編入の試験勉強を始めてしまったのだ。


雫が編入を志望したのは、私立汐汲坂《しおくみざか》高校。文字どおり、汐汲坂をのぼり左に曲がってすぐのところにある学校だ。汐汲坂の中ほどを曲がったところにある源神社からは、徒歩五分。俺と同じく兄貴の家に居候《いそうろう》している雫としては、放課後すぐ神社の仕事ができるので、なんとしてもこの学校に入りたいらしい。

ただ、汐汲坂高校は神奈川県内で有数の名門校。「名探偵」の雫も勉強は勝手が違うのか、「合格できるかわかりません」と自信がなさそうに何度も言っていた。横浜に来てから半年近く学校に通っていないブランクも不安にさせるのだろう。煩《わずら》わせないために、告白は編入試験の合否が出るまで待つことにした。

試験まで約二週間。勉強に集中してもらおうと、俺は雫の分も神社の仕事を請け負った……といっても、社務所の番と境内の掃除をいつも以上にこなしたくらいだが。

所詮、俺は雑用係。祈禱《きとう》や神事など、どうしても巫女がいないと成り立たない仕事もある。そういうときは、やはり雫の出番だった。夜遅くまで勉強しているはずなのに、背筋を真っ直《す》ぐに伸ばして奉務《ほうむ》に臨む様は、十七歳とは思えないほど大人びて見えた。

もっとも、家族のことが絡むと子どもっぽく、お姉さんの死を巡って生じた父親との溝は相変わらずなので、高校でも母親の旧姓である「久遠」を使い続けたいらしい。学校側には「家庭の事情」と説明して、書類上は父の姓でも普段の生活では久遠と呼んでもらうつもりだそうだ。

*

俺と違って、雫にとってはあっという間の二週間だっただろう。

試験は一昨日《おととい》終わり、今日、八月二十八日はいよいよ合否の通達日。学校に呼ばれたので合格はまず間違いないだろうが、万が一に備え、告白は試験の結果を聞くまで待つことにした。

雫さんが好きだから、信心ゼロの信念を曲げて嘘をつきました——そうすべてを打ち明けたところで、雫が俺の気持ちに応えてくれるとはかぎらない。俺としては、真実を知った雫が再び傷ついたとしても、できるかぎり傍《そば》に寄り添うつもりではいる。でも俺と顔を合わせづらくなって、ここからいなくなってしまうかもしれない。そうなったら、ただ雫が傷ついておしまいだ。

でも、もう想いを抑えるのは限界だった。

雫が帰ってきたら、どこかに連れ出して俺の気持ちを——どんなに言葉を尽くしたところで、半分も伝えられる気がしないけれど——。

九月の足音が近づいてきても、太陽は空の真上で我が物顔に輝いていた。響き渡る蟬《せみ》の鳴き声が、暑さをさらに際立たせる。

それでも、今日も参拝者は多かった。源神社は横浜のちょっとした観光名所である上に、三年前に兄貴が宮司になってから安産祈願のお守りや恋愛パワースポットなどが注目され、なにかと話題を振り撒いているのだ。

　暑さと緊張で背中に汗が滲《にじ》むのを感じながら、手水舎《ちょうずや》を覗《のぞ》く。水面《みなも》には菊をはじめ色とりどりの花々が並び、万華鏡のようだ。こんな風に花を浮かべた手水舎は「花手水《はなちょうず》」と呼ばれている。

　源神社の花手水を彩る花は、元町《もとまち》にある人気の花屋《あかり》から安値で譲ってもらったもの。この季節は傷むのが早いので一日に何度か確認しているのだが、花の状態は少しも頭に入ってこなかった。

　昼をすぎても帰ってこない。「午前中のうちに帰れると思います」と言っていたのに。まさか不合格だったのか？　不安がよぎったそのとき、鳥居につながる階段をのぼってくる人影が視界に入った。

　雫だ。

　今日の服装は、深みのある青色のワンピース。長い黒髪は三つ編みで一本にして、左肩の前に落としている。肌は新雪のように白くて、大きな瞳は黒真珠のよう。半年近く一緒にいるのに、冗談のような美貌は見る度にどきりとしてしまう。

　でもいまは、いつも以上に美少女に見えた。どうしてだろう、と考える間もなく理由に気づく。俺から見て右隣を歩く少年と「相乗効果」が起こっているからだ。

　雫が身長一五〇センチ前後しかないので大きく見えるが、小柄の部類に入る少年だった。ただ、胸を張って歩く姿は自信に充《み》ちあふれ、たじろぐほどの迫力を醸し出している。

目尻が尖《とが》った剣先を思わせる双眸《そうぼう》から感じられるのは、鋭さ以上に美しさ。黒い髪は絹糸のようにさらさらで、ほどよく日に焼けた肌は健康的。ちょっとその辺では見かけない、一言で言えば「美少年」だった。服装は、飾り気のない白いシャツと黒いスラックス。高校の制服のようだ。たまたま雫の隣にいるのではない。明らかに、一緒に歩いている。

「お帰り、雫ちゃん」

兄貴が傍に来る。試験の合否を聞きにいった相手にかけたとは思えない軽い口調だ。

「ただいま戻りました」

そう言って雫は、きれいな一礼をしてから続ける。

「無事に合格しました。勉強の時間をいただいたおかげです。ありがとうございます」

予想どおりとはいえ、両膝から力が抜けていった。

「おめでとう。僕は信じていたよ」

満面の笑みでぱちぱち拍手する兄貴。つられて拍手した俺は、唾を一つ飲み込んでから訊《たず》ねた。

「そちらの人は？」

俺が言い終えた途端、少年は大袈裟《おおげさ》に天を仰ぐ。

「そんな質問をされるなんて。俺もまだまだってことだよなあ」

自分を知っている人が多いことを前提にした言い方だ。戸惑《とまど》いつつ視線で説明を求めると、雫は参拝者向けの愛くるしい笑みを浮かべ、「紹介します」と言いながら少年に左手を向けた。

「わたしのカレシです」

第一帖

必勝祈願は誰のため？

1

「雫ちゃんにカレシ……」

中一のときからつき合いが始まって約八年。こんなに広がった蒲田央輔《かまたおうすけ》の目を見るのは初めてだった。右手はビールジョッキを持ち上げた状態でとまっている。

「お……央輔さん。驚きすぎ、よ」

隣にいる藍子《あいこ》ちゃんもまごついている。

俺たちがいるのは、JR石川町《いしかわちょう》駅の元町口を出てすぐのところにある居酒屋だった。央輔と二人で時々飲みに来ているが、今日はカノジョの藍子ちゃんも誘った。女性にも話を聞いてもらいたい気分だった。

言うまでもなく、原因は雫である。

央輔には、俺の気持ちはとっくに知られている。藍子ちゃんの方も、以前、俺と雫を赤レンガ倉庫で見かけたとき薄々察したそうだ。

「雫ちゃんは、そのカレシとはいつ知り合ったのですか?」

お嬢さま大学に通う藍子ちゃんが、学校の先生に質問するような口調で訊ねてくる。

「昨日だよ。編入試験の結果を聞くため学校に行ったときナンパされて、かっこいい人だと思ってつき合うことにしたと言ってた」

藍子ちゃんがちょっと垂れ気味の目を、ぱちぱちと何度もしばたたく。ほかの人からこんな話を聞かされたら、俺だって同じようになるはずだ。

央輔は、ジョッキをテーブルに置いて腕組みした。

「まあ、かっこいいのは間違いないだろうね。なにしろ相手は、超人気アイドルなんだから」

そうなのだ。あろうことか、雫が連れてきた「カレシ」は――。

＊

ワタシノカレシデス
雫が口にした言葉を、カタカナにしか変換できなかった。

神さまの名前かな。日本神話には、この神社の摂社《せっしゃ》――本殿とは別に神さまを祀《まつ》る社《やしろ》――の誉田《ほんだ》別命《わけのみこと》とか、変わった名前の神さまが多い。天邇岐志国邇岐志天津日高日子番能邇々芸命《あめにきしくにきしあまつひたかひこほのににぎのみこと》という早口言葉のような神さまだっているのだ（いつか雫に披露しようと思って必死に覚えた）。

ワタシノカレシデスもその一つに違いない。うん、きっとそうだ。

全力で自分に言い聞かせていると、「あーっ！」という絶叫が境内に響き渡った。

「キ、キ、キ……キヨミヤくんっ！」

叫びながら駆けてきたのは、白峰仙一郎《しらみねせんいちろう》さんだった。源神社の助勤（非常勤）の神職である。

薄い頭髪と骸骨のようにやせた外見のせいで老けて見えるが、まだ五十代だ。

「なんだ。オジイサンの方が詳しいじゃないか」

雫の隣に立つ少年が黒髪をかき上げると、白峰さんは興奮気味に目を見開いた。

「こ……この決めポーズをナマで見られるとは！」

「知り合いですか？」

訊ねた俺に、白峰さんはものすごい勢いで首を横に振る。

「知り合いではないが知っている。あのキヨミヤくんだよ」

「『あの』と言われましても」

「ソードブレイカーのキヨミヤくんだ！」

どこかで聞いたことがあるな、と少し考えて思い出した。

六月、白峰さんの手伝いで、別の神社の掃除に行ったときのこと。アイドルが新作映画の撮影をしているというデマがSNSに流され、女性ファンが大挙して押し寄せてくる騒動があった。そのアイドルが、ソードブレイカーという五人組グループのリーダー「キヨミヤくん」だったのだ。「顔だけでなく、歌も踊りも演技もすばらしくて人気急上昇中のグループ」と白峰さんが絶賛していたことも思い出す。

同時に、こんなに暑いのに鳥肌が立った。

「最近は学業優先で仕事をセーブしているからテレビで見る機会が減っていたのに、まさか本物にお目にかかれるとは。しかもファンに大人気の、髪をかき上げる仕草まで！　もう充分幸せだが、ぜひサインもいただきたい！」

年甲斐もなくミーハーぶりを発揮する白峰さんとは対照的に、俺は声すら出せないでいた。

そんな人気アイドルが、どうして雫と？　心の声が聞こえたかのように、雫はキヨミヤくんに目を向けながら言う。

「汐汲坂高校の生徒なんです。先ほど、校舎を出たところで声をかけられました。わたしが転入する学級《クラス》と同じだというし、かっこいいからつき合うことにしました。フルネームは『きよみやせいや』だそうです」

雫が、漢字では「清宮聖哉《きよみやせいや》」と書くことを説明する。俺はそれを「そういえばキヨミヤくんの地元は横浜という話だったな」と、ぼんやり思いながら聞いていた。

白峰さんは、興奮が収まらない様子で捲《まく》し立てる。

「学業も優秀で汐汲坂高校に通っているという噂《うわさ》は聞いたことがあったが、本当だったとは。証拠がないから信じていなかった」

「先生が汐汲坂高校の生徒に、清宮くんのことをSNSにアップすることを禁止しているそうです。みなさん、それを忠実に守っているようですね」

「さすが汐汲坂高校！　レベルが高い！」

はしゃぐ白峰さんを見ながら、清宮くんがよく透《とお》る笑い声を上げる。

「オジイサンはともかく、雫は編入試験に受かったんだ。『汐汲坂高校』じゃなくて『うちの学校』と言えよ」

いくらカレシだからって、いきなり下の名前を呼び捨てにするなんて。それも人前で。

「せっかく雫ちゃんがカレシを連れてきたんだ。社務所でお茶をご馳走《ちそう》しよう。人目も集まってきたしね」

兄貴に言われて気づいた。映画から抜け出してきたような美少年と美少女の組み合わせに、境内にいる参拝者の視線は自然と引き寄せられている。少年がキヨミヤくんだと気づいた人もいるようだ。「もしかして……」「嘘？　マジで？」などという囁《ささや》き声も聞こえてくる。

「ちゃんと変装しておけばよかったな」

清宮くんは、慣れた様子で肩をすくめた。

こんな人が雫のカレシ……。咄嗟《とっさ》に清宮くんから逸《そ》らした視線が、兄貴の切れ長の目と合う。

「大丈夫、壮馬《そうま》？」

訊ねる兄貴の頬は、小刻みに痙攣《けいれん》していた。

……俺の雫への気持ちを知って、「応援する」と言っていたのに。


この時間帯、白峰さんは参拝者に応対するため授与所に残らなくてはいけない。「後で絶対サインをよろしく！」という連呼を後に、俺たちは社務所の中にある応接間に移動した。普段は俺たちの休憩室として使っている、八畳ほどの部屋だ。

俺は兄貴の隣で、座卓を挟んで雫、清宮くんと向かい合って座った。

二人きりのとき以外は雫の隣に座ることが多いので、なんだか居心地が悪い。

清宮くんは、俺が出した冷たい麦茶を一息で飲み干す。ただそれだけの仕草がＣＭのワンシーンのように絵になっていて、アイドルに興味がない俺でも見惚れそうになった。

コップをテーブルに置き、清宮くんは語り出す。

「雫が源神社の巫女だと知ったときは、運命を感じずにはいられなかったよ。この神社、主祭神が源義経《みなもとのよしつね》なんでしょ？　俺は義経となにかと縁があるんだよね」

「へえ。どんな縁が？」

兄貴が興味深そうに身を乗り出すと、清宮くんは右手で黒髪をかき上げた。

白峰さんが騒いでいたとおり、確かにかっこいい。しかも、手つきにも目つきにも芝居がかった様子が微塵《みじん》もない。ファンの心をつかんでいることも頷ける。

「俺は剣道をやっているんだ。グループ名がソードブレイカーなのは、剣にちなんだ名前にしたくて俺が事務所に提案した。『剣をこわす武器』というのが、捻《ひね》ってていいと思ってさ。子どものころ神道系の武道家に剣道を習ってたんだけど、その人の流派の開祖が源義経と言われてる」

「神道系の武道家なんているの？」

訊ねた俺に、雫が「いますよ」と即答する。

「神道無念流《しんとうむねんりゅう》、神道一心流《しんとういっしんりゅう》など神道と名がつく剣術の流派はたくさんありますし、総合武術の鹿島神流《かしましんりゅう》は、鹿島神宮に伝わる『鹿島の太刀』から生まれたとされています。神道と武道には深いかかわりがあるんです。だから武道場には、神棚が祀られています。数は多くありませんが、境内に武道場を併設している神社もあるんですよ」

兄貴も続く。

「僕が奉務したときには廃れていたけど、昔は源神社《うち》の神職にも義経公から伝わったとされる剣術の使い手がいたらしい。『鞍馬《くらま》の山で天狗《てんぐ》と修行した』『五条大橋で欄干を飛び交い弁慶《べんけい》と戦った』という義経公の伝承に倣って、軽やかに刀を扱い、舞うように動き回る剣術だったと聞いている」

「俺が習った人の剣術もそんな感じでした。義経流の剣術は、どこもそういう傾向なのかもしれません。師匠は『剣道は剣術と違うから教えるつもりはない』と言って、稽古の合間に形《かた》を少し見せてくれただけですけどね」

清宮くんが敬語を使ったことで、これまでため口だったことに気づいた。初対面で、大人と話しているのに。

「そんなわけで俺は、もともと義経に親近感を持っていたんです。そうしたら雫は、義経を祀っている神社の巫女だっていうじゃないですか。しかも、この神社の御神体は今剣《いまのつるぎ》なんでしょう。興奮しちゃいますよ」

段々と早口になっていく清宮くんには悪いが、本気で言っているのだろうか。

今剣とは、源義経が守り刀として持ち歩き、奥州平泉《おうしゅうひらいずみ》で自刃したとされる短刀だ。信頼できる史料がほとんどない上に、長さに関する記述は六尺五寸（約一九五センチ）と六寸五分（約一九・五センチ）が混在している。「長い刀を守り刀にするためつくり直した」という解釈がある一方、「刀を十分の一にできるはずないから誤記」という現実的な見方もあるようだ。

要は伝説の類いの存在で、実在したかどうかすら怪しいということ。

百歩譲って実在していたとしても、義経が平泉で自刃したときに使ったものが、どうして横浜の神社に御神体――神さまの依代《よりしろ》とされる、神社で最も神聖なもの――として祀られているのか。御神体が「何人《なんぴと》たりとも見てはいけない」という決まりであることにかこつけて、話を盛りすぎなんじゃないか。

内心で冷静にツッコミを入れてしまうが、清宮くんはさらに早口になる。

「俺と雫は出会うべくして出会ったんだよ。いっそ、一緒に芸能界で活動しないか。君ほどの美人なら事務所も大歓迎で、絶対に猛プッシュする。あっという間に人気者になれるぞ」

「光栄だけれど、そういうことに興味はないの」

「もったいない！」

はにかんで俯《うつむ》く雫の横顔を、清宮くんは無遠慮に眺め回す。

俺はそれを、黙って見つめていることしかできなかった。

＊

「――壮馬？　おおい、壮馬？」

呼びかけで我に返った。央輔が、心配そうにこちらを見ている。

「俺の話、聞いてた？」

「ごめん。もう一度言ってくれ」

「雫ちゃんのお父さんは、カレシができたことを知ってるの？」

「知ってるよ。白峰さんから話を聞いた関係者が、早速報告した」

関係者というのは、雫を札幌に連れ戻そうと裏でいろいろ画策していた、なんともはた迷惑な人のことである。

この人のせいで七夕祭りの前に大変な思いをしたのだが、それはまた別の話。

雫は白峰さんに「学校内で噂になるのは避けられないと思います。でも、できるだけ清宮くんに迷惑をかけたくないから、わたしとつき合っていることは内緒にしてくださいね」と口止めしていた。なのに白峰さんは興奮のあまり、この関係者に口を滑らせてしまったのだ。雫に「内緒にしてください、とお願いしたはずですが」と永久凍土を思わせる声で言われ、「す……すみません！」といい年して必死に謝っていたので、もう誰かにしゃべることはないだろうけれど。

「知ってるならお父さんは反対して、また連れ戻すと騒ぎそうだけど。遊び目的で横浜に残るなら許さん、という方針じゃなかったっけ？」

「関係者によると、『ちゃんと高校に編入した後でできたカレシだから、節度を守ったおつき合いをするなら構わない』と言っていたらしい」

ただし、雫のお父さんはこうも言っていたそうだ。

——カレシが坂本《さかもと》くんなら、断固として連れ戻す。同僚と交際なんて、やっぱり遊び目的で横浜に残るつもりだとしか思えない。それ以前に、坂本くんは信心ゼロなんだろう。神社の娘がつき合うなどありえない。

告白がうまくいっても前途多難だったわけだ——そのチャンスすらなかったことに、本日何度目になるかわからないため息が漏れ出た。

央輔が微苦笑する。

「節度を守れると思ってるんだ。お父さんはなんのかので、雫ちゃんを信頼してるんだね」

「どういうことだよ？」

「壮馬は知らないみたいだけど、キヨミヤくんは無類の女好きで有名なんだよ」

清宮くんが「キヨミヤ」として芸能界デビューしたのは、十歳のとき。ソードブレイカーが結成されたのは三年前で、人気が出てきたのはここ一年半ほどのこと。

それに伴い、共演者キラーとして知られるようになった。

学校にはカノジョが複数いるという噂だし、ファンの女の子との密会をスクープ撮《さつ》されることも珍しくない。最近は、三歳年上の女優のマンションから明け方出てきたところを週刊誌に撮られた。記者の突撃取材を受けたキヨミヤくんは、女優との関係を否定しなかった——。

央輔の話を聞いた俺は、つい大きな声を出してしまう。

「まだ高二なのに？」

「びっくりだよね。普通なら女性人気がなくなるけど、ファンは断固として支持している。先週も、こんなことがあった。出演した歌番組で、キヨミヤくんは急にマイクを握るのをやめて、リアムのポーズを真似《まね》して歌い出したんだ。歌の後、司会者に理由を聞かれて言った答えが『リアムを敬愛しているから』。ソードブレイカーは割と歌がうまいグループなんだけど、キヨミヤくんはそれほどでもない。なのにそんなことを言ったから、『お前ごときがリアムの真似をするな』とネットで大炎上さ。でもファンは『あんたたちにキヨミヤくんのなにがわかる！』と猛反発だよ。狂信的で、ちょっとこわいくらいだ」

リアムことリアム・ギャラガーは、イギリスのロックバンド「オアシス」のボーカルを務めていたミュージシャンで、抜群の歌唱力を誇る。「オアシス」が解散した後も活動していて、俺も央輔も昔からよく聴いている。

両手を後ろに組み、上半身をのけ反らせるようにして歌う姿は「オアシス」時代のリアムの象徴とされている。

たいして歌がうまくないのに、その真似をするとは。身のほど知らずにもほどがある所業《しょぎょう》にあきれ果てていると、藍子ちゃんがぽつりと言った。

「なにをやってても味方でいてくれるファンばかりだから、女性を軽く見るようになったんでしょう。女の敵ですね」

言葉遣いは丁寧《ていねい》だけれど、目が据わっている。こわい。央輔もちょっとたじろいだが、気を取り直すようにビールを一口飲んでから言った。

「とにかく、キヨミヤくんはそういう奴《やつ》なんだ。雫ちゃんがナンパされてつき合うとは思えない。そんな軽い子じゃないだろう」

「もちろん、そんなこと俺だってわかってるよ」

わたしのカレシです——昨日は雫のその一言が頭の中で繰り返し鳴り響いているうちに気がつけば夜で、自分の部屋で一人になっていたが、「知り合って早々、第三者に『カレシです』なんて紹介するだろうか」と気づいた。それでスイッチが入り、冷静になった。

いくら相手が絶世の美少年だからといって、これまで一度もカレシがいなかった雫が、いきなりつき合うとは思えない。清宮くんの前で微笑んでいることもおかしい。本当にカレシなら、俺たち神社関係者に接するとき同様、本性である氷の無表情になるんじゃないか。言葉遣いだって、俺たちと話すときと同じく敬語になると思う。

なにか理由があって、つき合うふりをしているからよそ行きの態度のままだとしか思えない。

「わかってるなら落ち込んでないで、雫ちゃんに理由を訊《き》いてみなよ」

「それで教えてくれるなら、つき合うふりなんてしてないよ。俺の出る幕はないってことだ。その程度の関係なら、告白しても無駄に決まってる。まあ、でも」

雫の横顔を眺め回す清宮くんの姿が脳裏に蘇《よみがえ》り、その一言がこぼれ落ちる。

「清宮くんになにかされないか、心配だけど」

2

二週間ほど経《た》った。

「神社の仕事を優先します」と言っていたとおり、雫は巫女の奉務に励んでいる。早起きして神棚に神饌《しんせん》を捧《ささ》げ、境内を掃除してから登校。放課後すぐ帰ってきて巫女装束《しょうぞく》に着替え、社務所に顔を出す毎日だ。

ちなみに日課にしていた早朝ジョギングは、さすがにあきらめたらしい……学校が休みの日は、これまでどおり継続するらしいが。

昼間、雫がいない分、俺の仕事は増えた。暇だと雫が学校で清宮くんとなにをしているのか考えてしまうので、ありがたい。手が空いたときは兄貴に声をかけ、無理やり仕事を振ってもらっている。仕事が休みの日には、買い物に出たり、部屋の片づけをしたりして気を紛らわせてもいる。

でも今夜はなにをしても、思考を逸らせそうになかった。

朝、「清宮くんと出かけるので遅くなります」と言って登校した雫が、まだ帰ってこないのだ。「夕飯は食べてきます」とも言っていたが、金曜日の夜に、女好きで有名なアイドルとどこでなにをしているのか。つき合うふりをしているだけなんだから心配することはない……はずだ。でも万が一ふりでなかったとしたら……今夜中に帰ってこなかったら……。

やたら喉が渇いてお茶を飲みまくっていると、玄関の引き戸が開かれる音が聞こえてきた。時計の針は、夜九時を回ったところだ。居間にいた俺は、トイレに行こうとしたふりをして玄関に顔を出した。俺と目が合った雫は、両手で鞄《かばん》の持ち手を握ったまま頭を下げる。

「ただいま戻り——た。壮馬さん、今日は仕事——て、申し訳——。明日は必勝祈——すね」

雫の言葉は、飛び飛びでしか頭に入ってこない。

雫が着ているのは、夏用の白いセーラー服だ。胸許《むなもと》のスカーフは、それを引き立てるような深い藍色。どちらも、雫のためにデザインされたかのようだ。奉務中と同じく長い黒髪を一本に束ねた髪形だけれど、巫女装束のときとは違った清楚《せいそ》さが——この二週間、毎日のようにこの姿を見ているのに全然見慣れない——むしろ目にする度に、ますます——か、かわいい——。

「見惚れすぎだよ、壮馬」

真横から飛んできた声に、大袈裟でなく飛び上がった。いつの間にか俺の右隣に、兄貴が立っている。奉務中の装束からラフなシャツとスラックスに着替えた出で立ちは、脚が長いこともあって、特にポーズを取っているわけでもないのにやけに様になっていた。

「い……いつからここに?」

「十秒ほど前から。雫ちゃん以外、視界に入ってなかったみたいだね。人は、見ているようで見えていないことが案外多い。そうやって、大事なものを見落としていく生き物なのかもしれない」

「なにをもっともらしいことを言ってるんだよ」

動揺のあまり、雫の前なのに敬語を使わず兄貴と話してしまう。しまった、と思ったときにはもう遅い。

「宮司さまなのですから、実のお兄さまでも敬語でお話ししてくださいい。何度も言っているとおりです」

案の定、雫にぴしゃりと言われてしまった。大きな瞳からは冷気が迸《ほとばし》り、体格《ガタイ》のいい俺よりずっと小さいのに見下ろしているような迫力がある。

「すみません」

慌てて頭を下げながら、ふと思った。

この子は、カレシということにしている清宮くんにすら、本性を隠して笑顔なのだ。クラスメートにも同じように接しているはず。そんなことで、うまく学校生活を送れているのだろうか。

俺の心配をよそに、雫は言う。

「明日の必勝祈願では、宮司さまにそういう態度を取らないよう気をつけてくださいね」

必勝祈願とは、文字どおり、試合や選挙などの勝負事に臨む際、勝利のご利益を神さまに求める祈願のことだ。神社にとっては定期的に依頼がある貴重な収入源の一つだが、初戦敗退や惨敗が続くと別の神社に乗り換えられてしまうことも少なくない。

幸い、明日の依頼主である汐汲坂高校剣道部は、源神社で必勝祈願を受けると好成績を残すことが多く、つき合いは長い。兄貴が宮司になってからは、さらに成績が上がったという。

必勝祈願は、通常、依頼した側が神社に来る。プロ野球やJリーグの開幕前、監督や選手が神社にお参りする姿をニュースで観《み》たことがあるから、その知識は俺にもあった。ただ、汐汲坂高校剣道部の場合は源神社から近いし、道場に祀った神さまにお祈りもするので、毎回、神職の方が出向いているそうだ。

必勝祈願の後は、部内戦が行われる。来月、OB、OGたちも注目するライバル校との「伝統の一戦」が開催されるそうで、その団体戦メンバーを決めるためのものだ。部内戦の優勝者は大将を務めることになる。

清宮くんもこれに参戦するらしい。


次の日の午前十一時。俺は荷物を担ぎ、一人で汐汲坂をのぼっていた。

急な坂が多い横浜市の中でも、汐汲坂は十一度という屈指の傾斜を誇る。初心者向けのスキー場の傾斜が十度前後というから、理屈の上では雪が積もればスキーができることになる。

汐汲坂高校まで徒歩五分とはいえ、祈禱の道具やお供え物を持ってこの坂をのぼるのは大変なので、いつもは車を使うらしい。でも今日は遠方から地鎮祭の依頼があって、兄貴の妻、琴子《ことこ》さんが車で出かけてしまった。兄貴は急に入った安産祈願の祈禱中で、雫はその補佐をしていて手が離せない。白峰さんはお休みで、もう一人いる神職は午後からの出勤。

というわけで、俺が一人で運ぶことになった。

猛暑とはいえ、九月も半ばにさしかかり空気は少しやわらかくなった。降り注ぐ陽射《ひざ》しにも、どこか遠慮が感じられる。それでも、どう計算しても三往復しなくてはならないのはさすがにきつい。汗だくになるのは目に見えているので、白衣白袴《しらぎぬしろばかま》には後で着替えることにして、いまはまだジャージだ。

必勝祈願は十二時半から始まる。それまでに準備を終えないと。

軽く息を切らしつつ、汐汲坂高校に到着した。守衛の中年男性は、俺が手にした三方《さんぼう》を見て、すぐに神社関係者だと察したらしい。「お疲れさまです」と敬礼して通してくれる。土曜日の学校は静かで、部活の生徒のものらしいかけ声や楽器の音色が雑音に紛れることなく響いていた。

武道場は、校門を入ってすぐ右手にあった。場内に三方と、神饌の果物を置いて外に出る。そのまま戻ろうとしたが、校舎が視界に入ると足がとまった。

汐汲坂高校の校舎は、赤煉瓦《れんが》の外壁が眩《まぶ》しい、横に長い三階建ての建物だった。正面玄関の上部には、青や黄を基調にしたステンドグラス。校舎の傍らには、人工芝のエメラルドが眩しい校庭が広がっている。

雫は、ここでどんな高校生活を送っているのだろう。昨夜から、そのことばかり考えている。少し前に「電話する相手なんていない」と言っていたこともあるし、学級《クラス》に馴染《なじ》めないでいるんじゃないか。部活にも入らず、学校が終わったらすぐ神社に戻ってくるから、なおさら——。

「こんにちは」

雫のことで頭が一杯になっていたので、その声が俺にかけられたものだとわからなかった。

「こんにちは」

繰り返されて、ようやく対象が自分だと気づく。女性にしては低めの、落ち着いた声音だ。先生かと思ったが、振り向いた先にいたのは雫と同じ制服を着た少女だった。

身長はそれほど高くないが、手足がすらりと長い。少し栗色がかった長い髪にはウエーブがかかっている。パーマかと思ったが、波形がランダムだから天然だろう。ボリュームがあってきれいな髪だ。でもそれ以上に印象的なのは、くりりとした猫目だった。

琴子さんの双眸を連想したが、あの人はあくまで猫を思わせる目。この子の目は、はっきりと「猫」である。

どこかで会ったような……。目を凝らしていると、少女は俺に軽く黙礼した。知らない相手にする黙礼じゃない。やっぱり会ったことがある。たぶん制服を着ていないとき……だめだ、わからない。

「お久しぶりです、壮馬さん」

「私のことを知ってる」と当たり前のように思っている口調で、下の名前で呼ばれてしまった。とても「誰でしたっけ？」と訊ける雰囲気ではない。返す言葉を見つけられないでいるうちに、少女は俺の前まで来ると両手を後ろに組んで見上げてきた。

「雫さんについて考えてたんじゃないですか。あんなにいつも一緒にいたんだから当然ですよね。彼女のことだから、壮馬さんに心配をかけたくなくて言ってないかもしれませんけど――」

この子が誰なのか、一瞬にしてどうでもよくなった。

「雫さんになにか？」

つかみかからんばかりの勢いで訊いてしまう。少女は微笑む。「唇の両端を持ち上げてみただけ」と言われたら納得してしまいそうな、あたたかみが一切感じられない微笑みだった。

「雫さんが自分からしゃべったわけじゃないけど、清宮聖哉とつき合っていることはあっという間に校内で噂になっちゃいました。そのせいで、一部の女子から嫉《ねた》まれてます」

「まさか、いじめられてるんじゃ？」

「いまのところ平気ですよ。ちょっとだけ、陰《かげ》でひそひそ言われているくらい。ただ、出会ってすぐの男子とつき合うなんて、雫さんらしくないと思いませんか」

「それは……思うけど」

「ですよね。雫さんには、なにか考えがあるのかもしれない。でも相手は、超人気アイドルです。いろいろと厄介《やっかい》なこともあるでしょう。気をつけてあげてくださいね」

こんなことを言うなんて、一体誰なんだ？　いまさらだけど訊いてみるか？　迷っているうちに、少女は一礼して俺に背を向けてしまった。


やっぱり雫は、学校生活をうまく送れていないんじゃないか？　さっきの子は誰なのか？

二つの疑問で頭を一杯にしながら、どうにか祈禱の道具一式を運び終えた。道場で兄貴と雫を待つ。服は、既に白衣白袴に着替えている。

時刻は十二時十分。必勝祈願が始まるまで、まだ二十分ある。

汐汲坂高校剣道部の部員は四十名ほどで、男女比はほぼ半々。まだ半分くらいしか集まっていないが、全員そろっても余裕で使えそうなくらい、広い道場だった。最近張り替えたばかりなのだろう、床板からは木の香りがほのかに立ちのぼっている。

場内には胴着を身に着けた生徒が多かったが、制服姿の女子も四人いた。胴着の生徒たちとは離れたところにいるし、緊張感なくにぎやかに話している様子からすると、部員でもマネージャーでもなさそうだ。なにをしているんだろうと思っていると、巫女装束を纏《まと》った雫が入ってきた。

男子たちの視線が一斉に吸い寄せられる。

同時に、制服姿の女子四人から歓声が上がった。

「雫、本当に巫女さんなんだ！」「かわいい！　超かわいい！」「私もそれ着てみたい！」「写真撮ってもいい？」

鼓膜に突き刺さるような声に耳を塞ぎそうになっていると、雫は「恥ずかしいけどいいよ」と返してにっこり微笑んだ。参拝者向けの、天使なんじゃないですかと訊ねたくなるほどの愛らしい微笑みだ。女子四人の歓声が、さらに大きくなる。仲よしだ。どこからどう見ても仲よしだ……って、あれ？

雫は俺の傍まで来ると、髪を整えるふりをして左手を上げた。白衣の袖で、女子四人から顔を覆って俺を見上げる。

天使の微笑みは消え失《う》せ、悪魔すら身をすくめそうな冷然とした面持ちになっていた。

「なにを戸惑っているのですか？」

「……本性を隠しているのに、仲がよさそうだと思いまして」

「友だちと仲よくなるのに、本性を曝《さら》せばいいというものではないでしょう。そもそもわたしの場合、素顔で学校生活を送っていては参拝者さまに接する態度が芝居だと思われてしまいます。源神社にとってプラスになりません」

その理屈はどうかと思うが、友だちがいることはわかった。つい、安堵《あんど》の息をついてしまう。

雫は、唇をちょっと尖らせた。

「心配されていたとしたら心外です。これでも友だちは多い方なんですよ」

「でも前に、『電話する相手なんていない』と言ってたじゃないですか」

「退路を断つため、横浜に来る前に札幌の友だちの電話番号は全部消して、スマホも替えましたから」

そういうことはちゃんと説明してほしい。

女子四人が俺たちに近づいてくる。「なにを話してるの？」「雫の神社の人ですよね」などと言いながら俺に集まりかけた四人の視線は、

「あ、清宮くん！」

誰かが発した一言で、すぐさま移動した。道場に清宮くんが入ってくる。黒い袴を纏い、背筋をぴんと伸ばした姿は雄々しく、なにより美しかった。胴着まで、ほかの部員とは別種の高貴な装束だと錯覚しそうになる。

「やあ、雫」

清宮くんが軽く右手を上げると、女子四人から先ほど以上の歓声が上がった。雫は、はにかんだ笑みを浮かべつつ俯く。絶対に演技だ。

「先輩が巫女さんとつき合ってるって噂があったけど、まさかあの人が？」

「ああ、俺のカノジョだ。かわいいだろ」

「マジかよ、清宮！」

「すごい、先輩！」

群がる男子たちに笑みで応じる清宮くんの歯は、白く輝いている。

この直後に神職の装束を纏った兄貴が入ってきて清宮くんに勝るとも劣らない歓声が上がったが、本人は「例年どおり」といわんばかりの涼しい顔をしていた。

「去年は宮司さまのご祈禱のおかげで勝てました」「ありがとうございます」

性別に関係なく、生徒たちが群がるように兄貴のもとに集まり、口々にお礼を言う。兄貴は口許に笑みを湛《たた》えながら「光栄だけど、君たちの稽古の賜物《たまもの》ですよ」などと返している。その間に入口から見て右隅に風呂敷《ふろしき》が敷かれ、一つ一つラップに包まれたおにぎりが皿に並べられた。かなり多い。部員一人につき一つ以上あるだろう。

大きさはばらばらで、極端に大きいものもあれば、小さいものもあった。

「必勝祈願の後にみんなでおにぎりを食べるのが、うちの部の慣習なんです。壮行会みたいなものですね」

なんとなしに傍まで行っておにぎりを眺める俺に、清宮くんが話しかけてきた。

この前と違って、今日は最初から敬語だ。

「毎年、マネージャーがつくってきてくれて――」

清宮くんは言葉をとめるのと同時に、右手を伸ばした。皿の端に置かれた、ぶっちぎりで大きなおにぎりが転がり落ちそうになっている。その手を、ものすごいスピードで伸びてきた手が鷲《わし》づかみにした。清宮くんより背が高い、長身の女子の手だった。着ているのは、胴着ではなくジャージ。おにぎりを並べていたからマネージャーだろう。

マネージャーの手は、清宮くんの手を握りしめる形になった。そのまま黒目がちの目で清宮くんを見据えていたが、慌てて手を放す。

「ご……ごめんなさい」

「別に謝るようなことはしてないだろ。それより、話すのは久しぶりだよね」

「そうだっけ」

マネージャーは素っ気《そけ》なく受け流し、清宮くんを睨《にら》み下ろす。

「食べるのは必勝祈願が終わるまで待ちなさいよね。礼儀がなってないんだから」

「誤解だよ。落ちそうだから拾おうとしただけだって。ほら」

清宮くんの視線の先には、皿から落ちたおにぎりがあった。マネージャーは「それは悪かったね」と、悪いと思ってなさそうな口調で言いながらおにぎりを拾い上げ、もとの位置に戻す。清宮くんは肩をすくめ、兄貴の傍らにいる雫の方へと歩いていく。その場に居づらくて、俺もおにぎりから離れた。

「葉月《はづき》先輩は、清宮先輩が許せないんですよ」

小声で話しかけてきたのは、ジャージを着た女子だった。「マネージャーの里中《さとなか》です」と名乗って、ベリーショートの頭を下げてから続ける。

「さっき清宮先輩と話していたのは、室井《むろい》葉月先輩。みんなからは『葉月』って呼ばれてます。二年生で、清宮先輩の元カノと仲よしなんです。なんで二人が別れたのか知らないけど、清宮先輩が振ったって噂です。それから三ヵ月もしないで新しいカノジョをつくったことが許せないんですよ」

里中さんの声は、内緒話をするように段々と小さくなっていく。

「そのせいで清宮先輩にあんな態度だけど、本当は優しい人なんですよ。おにぎりだって私がつくるはずだったのに、『いろいろやってくれているお返し』って代わってくれたし。先輩だって忙しいし、お世辞にも器用とは言えないのに。久遠先輩に責任がないことはわかってます。でも葉月先輩のことを悪く思わないんでほしいんです」

小さくなっていた声は、途中から一転して大きくなっていった。随分と興奮しているようだけど話が見えないし、ほかの部員に聞かれたらまずいんじゃないか？　無理やり話を逸らそうとしていると、

「随分にぎやかだな。部内戦は大丈夫なのか？」

その声が聞こえた途端、場内が一瞬にして静まり返った。

「試合前に、モチベーションもコンディションも最高の状態にすること。いつも俺が繰り返し言っていることを守れているとは思えないな」

身体《からだ》が大きく、全体的に角張った体軀《たいく》の少年が道場に入ってくる。袴には橙《だいだい》色の糸で「等々《とど》力《ろき》」と刺繡《ししゅう》されていた。

「おはようございます、部長！」「おはようございます！」

一年生らしい部員が次々に頭を下げる。部長――等々力くんは「はい、おはようございます」と敬語で返しはしたが、小さな双眸は周囲を嘲《あざけ》るように細められていた。その視線のせいか、一年生たちの表情は硬い。ほかの部員も同様だ。ヒステリックな教師が教室に入ってきたときに似た緊張感が場内に充ちていく。

等々力くんは、清宮くんにわざわざ顔を向けて鼻を鳴らす。次いで兄貴におざなりな一礼をしてから道場の隅に行き、清宮くんが拾おうとしたおにぎりを当たり前のように片手で拾い上げてラップを剝《は》がし、一口齧《かじ》った。その途端に顔をしかめる。

「里中の奴、塩をつけすぎたな」

「ごめん、等々力。今日は私がつくったの」

「まあ、葉月は不器用だから」

顔をしかめつつもおにぎりを口に詰め込んでいく等々力くんを、葉月さんは媚《こ》びるような眼差しで見上げている。清宮くんがおにぎりに手を伸ばしたときとは別人のようだ。葉月さんの視線を受けて等々力くんの表情がやわらぐと、場内にざわめきが少しずつ戻ってきた。

里中さんは「私がつくったなら嫌味を言ってたくせに」と不満そうに呟《つぶや》いてから、俺が訊いてもいないのに話し出す。

「あの人が、等々力透《とおる》。三年生が引退してから部長になった二年生です。実力は私だって認めますよ。去年の高校新人剣道大会で全国三位になったくらいですからね。でも調子に乗りすぎです。稽古を全然しなくなったし、部長になってからは周りの意見を一切聞かないし、『俺の女になって当然』とばかりに葉月先輩に言い寄るし。顧問《こもん》は『剣道は実力主義』なんてもっともらしいことを言って、技術的なこと以外は放任主義だし」

さっきから俺に教えるというより、不満を吐き出すために話しているのだろう、また段々と声が大きくなっていった。そのせいで、等々力くんに無言で見据えられてしまう。ほかの部員も、気まずそうに黙りこくる。

「だから葉月先輩は、ずっと相手にしてなかったんですよ。なのに清宮先輩を打ち負かしてほしくて、急にご機嫌を取るようになって――」

俺が目で指し示したことで、里中さんは等々力くんの視線に気づいた。口を閉ざした里中さんは、逃げるように壁際に移動する。その姿を、等々力くんは追尾するように見据え続ける。俺は祈禱の道具を置く場所を確認するふりをしながら、等々力くんの視線から里中さんを遮る位置に立った。等々力くんが不満そうに目を眇《すが》めるが、素知らぬ顔をする。

里中さんが息を呑《の》む音が、微《かす》かに聞こえた。

清宮くんは、自分が話題になっていることに気づいている様子はまったくない。

「やっぱり巫女装束が似合うな、雫は。その恰好《かっこう》で俺の応援も頼むよ」

「いいけど、応援するからには優勝してよね」

普段の雫からは決して想像できない、青春真っただ中な台詞《せりふ》だ。里中さんのために等々力くんの視線を遮っていなかったら、後ずさりしていたかもしれない。

清宮くんは肩をすくめた。

「それは無理。俺はアイドルの片手間に剣道をやっているだけだから、みんなと稽古の量が違う。特に等々力は、必死に稽古していまの地位まで上り詰めたんだ。昔はたいして強くなかったのに、だよ。勝てるわけないさ」

興味のないスポーツについて話すような、熱意の感じられない口振りだった。眉をひそめる部員もいる。雫は、どうしてこんな男子とつき合うふりをしているんだろう?

「わかってるならアイドルだけやってろよ」

等々力くんが、吐き捨てるように呟いた。

顧問は昨日から「用事がある」と言っていたそうで、十二時半になる直前にやってきた。それを待って、必勝祈願が始まる。兄貴が大麻《おおぬさ》を振って祝詞《のりと》を読み上げると、等々力くんがもたらした澱《よど》みのようなものが消え失せ、道場の空気が清められていくように感じられた。

ちなみに雫の友だち四人は遊びにいくことになっていたらしいが、予定を変更して兄貴の祈禱を見学していた——うっとりとした目をしたり、ほう、と息をついたりしながら。

必勝祈願はつつがなく終わったが、部内戦が終わってから優勝者のために再び祈願をするしきたりだという。後でまた使うので、雫と一緒に祈禱の道具を道場の隅に寄せる。

「お疲れさま。僕は一旦神社に戻って、部内戦が終わったらまた来るよ」

兄貴が言う。俺もそうするつもりだった。この場にいてもやることはないし、ふりだろうとカノジョとして清宮くんを応援する雫を見たくもない。「では、また後で」と俺が口にする寸前、雫は言った。

「壮馬さんの午後のご予定は？」

「授与所の番ですけど」

「それはほかの方に代わってもらえないでしょうか」

意味を理解する前に、雫は大きな瞳で俺を見上げる。

「わたしと一緒に、部内戦を観戦してほしいんです」

3

「一緒に観戦って、どうしてです？」

何度そう訊ねても、雫は「とにかくお願いします」と繰り返すばかりだった。それでも訊ね続けようとしたが、兄貴も雫に加勢した。

「僕は構わないよ。琴子さんも地鎮祭から戻ってきて、午後は人手が足りるしね」

「宮司さまもこうおっしゃってますから、ぜひ」

「『ぜひ』じゃない。俺は雫さんが好きだから、清宮くんを応援する姿を見たくないんだ！」と叫ぶことができれば、どんなにいいだろう。

「壮馬さん？　なぜ肩を震わせているのですか？」

人の気も知らず小首を傾げる雫がそのまま飾っておきたくなるほど愛らしいせいで、ますます肩の震えが大きくなる。

清宮くんが、おにぎりを食べる壮行会の一群から抜けて傍に来た。

「雫に残るように言われてるみたいですけど、坂本さんは剣道に興味があるんですか？」

「ルールを知っているくらいだよ」

「そうなんですか。すごく体格《ガタイ》がいいから、やったら強そうですけど。格闘技の経験があったりはします？」

「ない。高校のときは弓道部だった」

「なんだかもったいないなあ」

雫は俺と話していたときから一転、とびきりの笑顔を清宮くんに向ける。

「もったいなくても、壮馬さんはそれでいいの。根が穏やかだから、格闘技に向いてないんだもの。わたしは好ましく思って――」

「一緒に観戦します！」

雫の言葉が終わる前に言ってしまった。

……まあ、雫と清宮くんの様子を見ていれば、つき合っているふりをしている理由もわかるかもしれないし。

こうして俺と雫は用意してもらった座布団に座り、道場の隅で部内戦を見学することになったのだった。

部内戦はトーナメント方式で、男子と女子の試合が交互に行われる。出場者は、男女各十六名。一応、選抜メンバーということになっているが、負傷者や初心者もいるので、実質ほとんどの部員が出場できる。

清宮くんに言ったとおり、俺は剣道に関して「竹刀《しない》が頭に当たれば面」「脇腹なら胴」といった本当に基本的なルールしか知らない。審判を務める顧問が右手に赤、左手に白い旗を持っているが、選手が背中につけたタスキの色に対応していて、技が決まった方の色の旗を上げることも初めて知った。

それでも、どの試合も見応えがあった。汐汲坂高校剣道部は必勝祈願を毎年やっているだけあってなかなかの強豪らしく、男女とも動きにキレがある。

清宮くんも「アイドルの片手間」と言っている割に強かった。試合が始まるなり、「メーン！」というかけ声とともに気合い一閃《いっせん》、相手の頭に竹刀を打ち込む。試合は二本先取した方が勝ちだが、一本も取られることなく勝利。それも、二本とも顧問の「始め！」という合図の直後に技を決める、相手になにもさせない完勝だった。

敗れた相手は、なにをされたか理解できないようだ。白い境界線に囲まれた試合場から出て頭部を覆う防具——面をはずすと、茫然《ぼうぜん》とした顔が露《あらわ》になった。

清宮くんの方は、頭に巻いた手ぬぐいの合間から汗を滲ませながら、いつもは目尻が尖った双眸を丸くしていた。「きょとん」という効果音が似合いそうな顔つきに、方々で女子部員がため息をつく。

でも、とても完勝した顔には見えない。そう思っていると、雫が俺に言った。

「残りの試合の清宮くんの表情も、よく見ておいてください」

「どうして？」

「どうしてもです」

答えになってない。清宮くんになにかあるのか？　もしそれが、つき合っているふりをしていることと関係あるなら……。

ごくり、と唾を飲み込む。

相手を瞬殺した清宮くんとは対照的に、等々力くんの試合は長引いた。相手の竹刀をさばくだけで手一杯で、境界線際まで追い込まれることもしばしば。突きが得意らしいが、かわされたり、弾《はじ》かれたりと精彩を欠く。最終的には勝ったものの辛勝だった——と見えたのは、素人目のせいらしい。

試合場を出て面をはずすなり、等々力くんは盛大に鼻を鳴らした。

「あれだけ攻撃させてやったのに、俺から一本取ることもできないなんて。踏み込みが甘すぎるんだよ。それから、竹刀の振りが鈍い。あんなスピードじゃとまっている相手にだって決まらないぞ」

口許が緩んでいた対戦相手の顔が、みるみる強張《こわば》っていく。等々力くんは、もう一度鼻を鳴らした。

「まさか、『等々力相手に善戦した』と満足していたのか？　遊んでやったに決まって——」

「その辺にしておけ、等々力」

放任主義とはいえ見兼ねた顧問がとめ、等々力くんは口を閉ざした。

でも二回戦の試合でも、同じようなことが繰り返された。清宮くん以外の部員たちは表情を硬くして、等々力くんから不自然に目を逸らしている。

「さすがに、こんなことは初めてです」

男女ともに二回戦がすべて終わって休憩時間になると、里中さんがわざわざ俺の傍まで来て言った。

どうやら、気に入られたらしい。

「等々力先輩は『格の違いを見せてやる』と言って、いつも相手になにもさせず瞬殺しているんですよ。なんだってこんな、公開処刑みたいなことをするんでしょう。葉月先輩にいいところを見せているつもりなら、逆効果だと思うんですけど。これをきっかけに葉月先輩が目を覚ましてくれないかな……無理そうだけど」

やるせなさそうな里中さんの視線の先には、葉月さんがいた。「余裕だね、等々力。その調子で優勝してよ」と、はしゃいだ調子で言っている。声とは裏腹に、ほかの部員の視線を感じるのか表情は硬い。それでも等々力くんの応援をするのだから、よほど清宮くんのことが許せないのだろう。

はしゃぐ葉月さんに等々力くんは「突きが解禁になるのは高校生になってからなんだよな」と、話を聞いていないような講釈を述べていた。

「久遠先輩も、等々力先輩に腹が立っているんですか？」

里中さんが唐突に話を振ったのは、雫がそれまでの愛嬌あふれる笑顔が嘘のような、感情の消えた顔つきになっていたからだった。俺にとってはいつもの雫だが、里中さんが戸惑うのは当然だろう。

「いえ、特には」

雫は表情を変えず、等々力くんを見据えたまま返す。清宮くんが勝ったときはカノジョらしく、満面の笑みで大きな拍手までしていたのに。

なにを考えているのか、さっぱりわからない。

途中から予想したとおり、男子の決勝戦は清宮くんと等々力くんの対戦になった。第一、第二回戦に続いて準決勝もストレート勝ちだったにもかかわらず、清宮くんは相変わらずきょとんとした顔のまま面をつける。

等々力くんの方は面をつける前、奥歯を嚙《か》みしめ、清宮くんを睨むように見据えていた。試合後に対戦相手を嘲っていた面影は微塵《みじん》もない。

そんな二人を、雫は氷塊を思わせる眼差しで見つめている。

清宮くんと等々力くん、両者が試合場の中央で竹刀を構えたまま腰を下ろす。タスキの色は、清宮くんが赤で、等々力くんが白。

「始め！」

顧問の合図で試合が始まった。これまでは開始早々に攻撃を仕掛けていた清宮くんだが、等々力くん相手だとそうはいかないようだ。竹刀の先端を小刻みに動かしつつ間合いを取ろうとする。その動きを封じるように、等々力くんが連続して突きを繰り出した。

双方、これまでとは違う動きだ。

清宮くんは器用に竹刀を動かし突きをさばくが、明らかに押されている。身体の大きさが違うから、パワーでも圧倒されているのだろう。竹刀と竹刀がぶつかり合う短く硬い音が響く中、たちまち境界線際に追い込まれてしまう。確か場外に出ると反則扱いになり、二回の反則で一本となるはず。このままでは清宮くんが反則を取られることは必至。

しかし清宮くんは等々力くんの突きをかわすと同時に、すばやく右に回った。あ、と思う間もなかった。勢いよく突きを繰り出した等々力くんが体勢を立て直す前に、清宮くんが腕を目一杯伸ばして額に竹刀を打ち込む。竹刀が面に当たる小気味よい音が場内に響いた。

「面あり！」

顧問が赤い旗を上げると、場内の方々から長いため息が漏れ出た。気がつけば俺も、両手の拳を握りしめていた。時間にすれば一分にも満たないが、とてつもなく濃密な攻防だった。

事前に聞かされていた話とは違って、両者の実力は拮抗《きっこう》している。この攻防があと一本か二本繰り返されるのか。剣道には興味がないのに、身震いしてしまう。

　でも二本目は、あっけなく決着がついた。

　顧問が「二本目！」と合図するや否や、清宮くんは相手の懐に飛び込んだ。等々力くんにとっては予想外の動きだったのだろうか、一本目が嘘のようにぴくりとも反応しない。その隙を、清宮くんは逃さない。

「メーン！」

　清宮くんの雄叫《おたけ》びと竹刀が面に当たる音は、先ほどよりも大きく響き渡った。赤い旗が上がる。

「面あり！」

　思いのほか早い決着に、一瞬、場内が静まり返った。直後、割れんばかりの拍手と歓声が湧き上がる。目を瞠《みは》っている人、口を大きく開いている人、左右の手を無意味に上下させている人……みんな驚いている。全国三位の部長に、片手間で剣道をやっているアイドルが勝ってしまったのだから当然だ。俺ですら、興奮して立ち上がっていた。

　一礼をした両者が、試合場の外に出る。きょとんとしていた清宮くんも、今度ばかりは違うだろう。でも面をはずして露になった顔を見て、思わず「あれ？」と声を上げてしまう。

　清宮くんの目は、さっきよりさらに丸くなっていた。「きょとん」という効果音まで大きくなった気がする。優勝が自分でも意外なのか？　それにしたって、少しくらいうれしそうにすればいいのに……？

　等々力くんの方は、両目の焦点が合っていなかった。身体の芯を抜き取られてしまったようで、いまにも倒れそうだ。

　でも誰も声をかけるどころか、近づこうとすらしない。

「壮馬さんは、清宮くんの顔を見てどう思いましたか」

歓声が鳴りやまない中、雫が俺の耳許に口を寄せてきた。耳たぶが、雫の吐息を感じる。同じ場所で自分の鼓動も感じながら、先ほど抱いた印象を口にする。雫は「そうですか」と言うと、俺にスマホを差し出した。

「いま撮った動画です。ガッツポーズをした後、どんな顔をしているように見えますか」

訳がわからないままスマホを受け取る。ディスプレイに映し出された人の表情は——。

4

雫に連れられ、俺たちは校舎二階の教室に移動した。「俺たち」の内訳は、俺、清宮くん、葉月さんだ。なぜこの三人を集めたのかも、雫がなにを話すつもりなのかも聞かされていない。

ここ二年三組が、雫と清宮くんの学級《クラス》だという。教卓の脇に立った俺は、室内をぐるりと見渡した。校舎の外壁は眩しい赤煉瓦だが、内装の方はいたって普通だ。すっきりしたデザインの机や椅子、白いリノリウムの床がどこかオフィスを思わせるものの、いまどきこういう教室は珍しくないだろう。

兄貴には、「優勝者のための必勝祈願には少し遅れてきてください」という雫の伝言をＬＩＮＥで伝えてある。

「来てくれてありがとう」

黒板の前で雫は、参拝者向けの笑顔と、友だち向けの言葉遣いで頭を下げた。俺は雫から見て左側、教室前方のドアの前に移動する。

「話ってなに？　みんなの前だとまずかったの？」

雫に訊ねる葉月さんの笑顔はぎこちなく、顔色は異様に青白かった。ちょっと尋常ではない。

雫は「まずかったの」と頷くと、前方やや窓際、一人だけ席に着いている清宮くんを見遣《みや》った。

清宮くんは、等々力くんの試合が終わった後と同じ顔つきで頬杖《ほおづえ》をついている。

雫が清宮くんに訊ねる。

「清宮くんと等々力くんには、どれくらい実力差があるの？」

「圧倒的、絶望的、驚異的」

即答だった。

「言うまでもなく、等々力の方が俺よりずっと強いよ。調子に乗りすぎだけど、それに見合う実力はある。俺が勝てるはずないんだ」

葉月さんが顔をしかめた。

「でも勝ったじゃない。謙遜のしすぎは嫌味だよ」

「等々力になにかあったとしか思えない。最初は、あいつの体調が悪いんじゃないかと思った。でも決勝までは試合の後べらべらしゃべっていたから違う。わざと負けるような奴でもないし、そんなことをする理由もない」

「原因は、おにぎりよ」

雫の一言に、葉月さんが石化したように固まった。

「葉月さんが、おにぎりに薬を混ぜた。そのせいで等々力くんは意識が朦朧《もうろう》として、清宮くんに負けたの」

「今日のおにぎりは、もともと里中さんがつくるはずだったんだよね。葉月さんが代わったのは優しいからじゃなくて、薬を混ぜたかったから。動機は、清宮くんを優勝させるため」

葉月さんは動かなかったが、納得できなくて俺は言った。

「いろいろおかしいですよ。葉月さんが、清宮くんの味方をするはずありません。だって、ほら——等々力くんを応援、してましたし」

里中さんから聞いた話をそのまま言うわけにもいかず、しどろもどろになりかける俺に、雫は「演技です」と言い切った。

さすがに表情はよそ行きの笑顔のままだが、やっぱり俺には敬語で話すらしい。

「薬を盛ったことを悟られないように、等々力くんを応援しているふりをしていたんですよ」

「だとしても、薬の入ったおにぎりを等々力くんが食べるとはかぎりませんよ」

おにぎりは皿に並べられていただけで、誰がどれを食べるか指定されていなかった。しかも数は、四十名いる部員一人につき一つ以上。偶然に頼るには確率が低すぎる。

「ですから、葉月さんはおにぎりの大きさをばらばらにしたんです。極端に大きいものや、小さいものがあったでしょう。等々力くんの性格なら、一番大きいものを選ぶはず。それに薬を混ぜて、目立つように皿の端に置いておけばいい。葉月さんは不器用だそうですから、大きさがばらばらでも怪しまれることはありません。顧問は用事があって必勝祈願が始まる直前まで来ないから、先につまみ食いする可能性もある。そのとおりになりましたよね」

あのおにぎりが皿から落ちそうになったとき、清宮くんが手を伸ばしたことを思い出す。

「葉月さんが清宮くんの手をつかんだのは、薬入りのおにぎりを食べようとしていると勘違いしたから？」

「そうです。高校生が大層な薬物を手に入れられるはずありませんから、使ったのは市販の酔い止め薬といったところでしょう。眠くなる成分が含まれているものがありますから。液状のものなら、お米に染み込ませることも可能。変な味がするでしょうが、塩を大量につければごまかせます」

等々力くんは「塩をつけすぎたな」と顔をしかめていたが、それも葉月さんの計画どおりだったのか。

雫は犯行を暴いているとは思えない、参拝者に境内を案内するような口調で続ける。

「等々力くんは眠気で、段々と身体がだるくなっていったことでしょう。葉月さんのことが好きだから薬を盛られたとは夢にも思わず、体調不良だと考えたはずです。結果、試合で苦戦することになりました。周りには『試合前に、モチベーションもコンディションも最高の状態にすること』と言っているそうですから、体調不良を悟られたくもない。だから試合が終わると、対戦相手に『遊んでやった』と言い張ったんです。休憩時間のとき葉月さんとの会話が噛み合っていなかったのも、薬のせい。

決勝で等々力くんは、それまでとは一転して一気にケリをつけようとしました。身体が限界に近かったからです。二本目で清宮くんの速攻に対処できなかったのも、試合の後、倒れそうだったのも同じ理由。

葉月さんは、薬を盛ったことがずっと後ろめたかったんです。だから等々力くんと話をしているとき、表情が硬かった。計画どおりにいったのにそんなに顔色が悪いのも、罪悪感のせいでしょう」

「いい加減にして！」

葉月さんが、窓を震わせるような声を上げた。

「清宮は実力で等々力に勝ったの。清宮が団体戦の大将になる、それでいいじゃない。清宮にとっては最高の結果になったんだよ。カノジョなら、すなおに喜んでよ」

「私はなにもしていない」と言い張るのではなく、清宮くんの勝利にこだわっている。どちらでも雫の推理を否定していることに変わりはないが、この子は清宮くんのことを……その想いが暴走して、こんなことを……。

恋愛には鈍い雫も、さすがに葉月さんの気持ちに気づいたらしい。一瞬ではあるが、素顔の氷の無表情に戻った。すぐによそ行きの面持ちに戻り、いたわるような眼差しを向ける雫の肩を、葉月さんは飛びかかるようにして握りしめる。

葉月さんの方がずっと上背があるのに、雫よりも小さく見えた。

「みんな久遠さんの想像で、証拠はないでしょう」

「等々力くんの血液を採取して、ちゃんとした機関で検査してもらえば立派な証拠になるわ。決勝の後も気丈《きじよう》に振る舞っていたけど、わたしの推理を聞けばさすがに意識が朦朧としていることを認めるはず」

「そんなことして、なにも出てこなかったらどうするの？　責任取れるの？」

「『勝てるはずがない等々力に俺が勝った』。それがなによりの証拠だよ」

清宮くんが、頬杖をついたまま言った。丸かった目は、剣先のような美しさと鋭さを取り戻している。

葉月さんは雫の肩を握りしめたまま、清宮くんに顔を向けた。

「そんなことない」

「あるよ。百回戦ったところで、俺はあいつに勝てない。薬が効いていたのに、どの試合でもそれを悟らせなかった。決勝では、あんな突きまで繰り出してきた。すごい奴だよ。

負けてもいいから、万全のあいつと勝負したかった」

最後の一言は、独り言のようだった。

短い沈黙を挟み、葉月さんの手は雫の肩からゆっくりと滑り落ちていった。

「清宮のために、なにかしたかったの」

葉月さんは、消え入りそうな声で語り出す。

「清宮が別れたからって、自分にチャンスがあるとは思わなかったよ。だから忘れようとしたのに、必死に稽古している姿を見たら勝たせてあげたくて……自分を抑えられなくなって……清宮の努力も知らないでばかにしている等々力も許せなかったし……等々力以外にならし、実力で勝てると思ったから……」

誰かを好きになると冷静でいられなくなることは、俺にだってよくわかる。とはいえ、つい口を挟んでしまう。

「清宮くんはアイドルで忙しくて、みんなより稽古はしてないんだよ」

「清宮は謙遜してるんです。みんなが帰った後も道場に残って、ずっと竹刀を振っていたんですよ。それも、何日も。掌《てのひら》の皮が剝《む》けて、竹刀を握れなくなるほどだったんだから」

掌の皮が？　それが本当なら、おにぎりに伸びた清宮くんの手を握ったとき、葉月さんが咄嗟に謝ってしまったのも無理はない。でも信じられなかった。剣道は片手間だと言っていたのに

……いや、待てよ。

「歌番組で清宮くんがマイクを握るのをやめてリアムの真似をしたのは、掌の皮が剝けてたから？」

「……はい。マイクを握れないなんてかっこ悪いからごまかしたんです。自分なんて足許にも及ばないから、リアムみたいなすごいミュージシャンを引き合いに出すのは心苦しかったですけどね。もしかして、俺が出ている番組を観てくれたんですか、坂本さん？　びっくりだけど、うれしいですよ」

少しためらってから答えた清宮くんは、最後には顔をほころばせた。「まあ、その、うん」と曖昧《あいまい》な返事しかできない。

「リアム？」

雫は小首を傾げ、好奇心が灯《とも》った瞳で俺を見つめてきた。自分が知らないことを知るのが好きでたまらない子なのだ。俺が「後で説明します」と返すのと同時に、清宮くんは天を仰ぐ。

「親も社長もマネージャーも『アイドルに専念しろ』ってうるさいから、顧問に頼んでこっそり道場を使わせてもらってたのに。葉月ちゃんに見られてたのか」

「それって、全然アイドルの片手間じゃないよね」

俺の指摘は正しいはずだが、清宮くんは顔の前で右手を振った。

「この程度、片手間ですよ。みんな、俺がアイドルをしている間に、もっと真剣に稽古してるに決まってます。なのに、俺が勝ってしまった。運がよかっただけです」

謙遜ではなく、本気で言っていることがわかる口調だった。それで試合に勝つ度に「きょとん」としていたのか。

雫が葉月さんに言う。

「必勝祈願が始まる前の葉月さんに、わたしはなんとなく違和感を覚えたの。等々力くんになにかしたのかもしれないと思ったけど、わたしは他人の感情を察するのが得意じゃない。壮馬さんの力を借りることにした。先入観を持ってほしくなくて詳しい説明はしなかったけど、こういうとき壮馬さんほど頼りになる人はいないわ」

「なんだかそっちの人の方が、久遠さんのカレシみたいだね」

葉月さんは深く考えずに言ったのだろうが、俺は瞬時に耳たぶまで熱くなってしまう。

雫の方は、あっさり聞き流して続ける。

「部内戦を見ていたら、清宮くんが決勝で等々力くんと当たる可能性は高いと思った。だから壮馬さんに表情を観察し続けてもらって、決勝戦の後も感想をもらったの。清宮くんが勝利に納得していないなら、等々力くんが実力を発揮し切れないなにかをされたことの間接的な証拠になるでしょう。葉月さんについての感想ももらったよ」

雫は白衣の懐からスマホを取り出すと、動画を再生させた。決勝戦が終わった直後の、葉月さんの姿が映し出される。先ほど俺も見せられた、雫がこっそり撮影していた動画だ。

動画の中で「面あり！」という顧問の二度目の声が響くと、スマホの小さなディスプレイでもはっきりわかるほど、葉月さんは両手の拳を振り上げた。唇は笑みの形になっている。でもそれは一瞬のことで、すぐに顔全体を歪《ゆが》めて俯いてしまった。

「決勝戦の最中、葉月さんが等々力くんになにをしたのか察しはついた。等々力くんは随分と増長していたようだし、本人のためにも、剣道部のためにも見て見ぬふりをした方がいいかもしれないとは思ったわ。でも清宮くんは自分の勝利に納得できないでいるし、葉月さんは目的を達成したのに苦しんでいる。だから、こうして話すことにしたの」

この動画を俺に見せたとき、雫は葉月さんがどんな顔をしているように見えるか訊いてきた。苦しそうに見える、と俺が答えると、雫はこう言った。

——壮馬さんにそう見えるなら、間違いないでしょうね。やはり見すごすわけにはいきません。

雫が俺に部内戦を観戦するように頼んできた理由は、清宮くんとつき合うふりをしていることとは一切関係なかった。なぜ、そんなふりをしているのかはわからないままだ。

でもそれはそれとして、信頼されていると思っていいのかもしれない。

葉月さんは、首を力なく横に振った。

「確かに、等々力には申し訳ないことをしたと思ってるよ。久遠さんが私のしたことを暴いてくれて、気が少し楽にもなった。でもね、後悔はしてない」

声に力がこもる。

「私が清宮のためにできることは、これしかなかったんだから。清宮は稽古の時間が思うように取れない中、あんなに努力してたんだもん。報われないなんておかしい——」

「気持ちはありがたいけど、俺は団体戦の大将をやらない」

勢い込む葉月さんを、清宮くんは静かな声で遮った。虚を衝《つ》かれた葉月さんだったが、すぐさま清宮くんの前に駆け寄る。

「薬の力で勝ったから？」

「違う。さっき言ったとおり、等々力は朦朧としていたのに、あんな突きを繰り出してきた。俺が避けられたのは運がよかっただけだ。二本目だって、不意打ちが決まらなければ危なかった。こんな俺が大将を務めるのは、みんなに申し訳ない。仕事が増えて、稽古の時間が取れなくなったことにして大将は辞退する――そんな顔しないでくれよ。葉月ちゃんのおかげで、却《かえ》ってあきらめがついたんだから」

縦に長い身体を震わせる葉月さんに微笑みながら、清宮くんは右手を机の下に移動させた。

「それに俺もそこそこやれることがわかったから、補欠でエントリーできないか顧問に相談してみるよ」

「でも、等々力に反発している部員も多いし……」

「それについては大丈夫。俺に負けたことに変わりはないんだから、等々力も少しは態度を改めるはずだ。あいつの葉月ちゃんへの気持ちは本物なんだし、慰めてがんばるように言えば稽古にも励む。いまはちょっと勘違いしてるけど、もともと必死に稽古して強くなったんだし」

清宮くんは笑顔だったけれど、俺はそれが気になって、さりげなく窓際に移動して目を向けた。

やっぱりそうだ、と思っていると、道場に入っていく兄貴の姿が見えた。白衣の懐に入れていたスマホを取り出す。〈そろそろ行く〉というＬＩＮＥが届いていた。さすがに、あまり祈禱に遅れるわけにはいかなかったようだ。

「雫さん、宮司が来ました」

「では、戻らないといけませんね」

「葉月ちゃんは先に戻ってくれ。俺は後から行く。その間に事務所から仕事の電話がかかってきたことにする」

潤《うる》み出した両目を見せまいとするかのように、葉月さんはドアの方へ駆ける。その背中に、清宮くんは「ちょっと待って」と呼びかけた。葉月さんの足がとまる。

「大切なことを言い忘れてた。薬の力でもなんでも、等々力に勝ったこと自体はうれしいよ。さんざん俺のことをばかにしてたからね、あいつ。ありがとう、葉月ちゃん」

葉月さんは振り返りかけたが、結局は前を向いたまま勢いよく頭を下げ、教室から出ていった。

それを見届けた清宮くんは、椅子の背に体重を預け、机の下から持ち上げた右手で黒髪をかき上げる。

あの右手はずっと、机の下で袴を握りしめていた。

強く強く、自分の意思とは関係なく暴れ出そうとするのを抑えつけるかのように。

俺の視線に気づいた清宮くんが、姿勢を正して言う。

「どうしました、坂本さん？」

「君のことは無類の女好きと聞いていたから、ちょっと意外に思っている」

本人に直接言うことではないが、言わずにはいられなかった。女性を軽く扱うイメージが強かったのに。

清宮くんは苦笑しながら首を横に振った。

「葉月ちゃんがどう想ってくれているか、薄々気づいてたんです。なのに、気づかないふりをしていた俺にも責任がありますからね。それに世間に誤解されてますけど、俺はそんなに女好きじゃないですよ。これまでつき合ったのだって、雫以外には一人しかいませんし」

「でも、三歳年上の女優と……」

「ここだけの話、彼女がプロデューサーとの関係に悩んでいて、相談と愚痴につき合っただけですよ。それを週刊誌がおもしろおかしく書いたんです。ちゃんと『なにもなかった』と言ったのに、そのことは無視されました。騒いだら却って彼女に迷惑がかかるから、そのままにしてるんです。これまでも似たようなことがあったから、いまさら一つや二つデマが増えても気にならないですし」

「……タフだね」

「そんなことないです。なにもかも嫌になって、引退したくなったこともありましたよ」

とてもそうとは思えないくらい軽く肩をすくめた清宮くんは、「そうだ」と呟くと唐突に立ち上がり、深々と頭を下げてきた。

「この前、神社に行ったとき、途中まで敬語を使わずに話してすみませんでした。俺は初対面の人相手だと緊張しちゃって、いつもそうなんです。宮司さんにも謝っておいてください——あ、いま道場にいるんだから自分で謝ればいいですよね」

思いがけない謝罪に、頷くのが精一杯だった。

キヨミヤくんこと清宮聖哉は。

ほかの部員を買い被っているせいで気づいていないが努力家だし、世間には誤解されているが女性に優しいし、初対面では緊張のあまり言葉遣いが雑になるが礼儀正しい。

もしかしなくても、いい奴だ。

ファンの子たちは、それがよくわかっている。だから誰がなんと言おうと、味方であり続けているのだろう。

「清宮くんのそういうところはすてきね」

雫が微笑むと、清宮くんは黒髪をもう一度かき上げ、口の端をつり上げた。

「知ってるさ」

光を撒き散らすような笑みだった。雫が、小さく口を開けてわずかに後ずさる。次いで、いまの動きをごまかすようにこう返した。

「そうですか」

冷たい声音で紡がれた言葉は心なしか早口で、敬語になっていた。顔つきも、いつの間にか氷の無表情と化している。

俺たちに接するときの雫だ。

雫が、清宮くんとつき合うふりをしていることは間違いない。その理由を黙っているけれど、俺を信頼してくれていることも確かだ。

でもこの先、本当に清宮くんのことを好きになってしまっても不思議はないのでは？

5

夕方。必勝祈願の祈禱を終えた俺たちは、源神社に戻った。既に琴子さんが地鎮祭から戻っているので、帰りは車だ。兄貴と雫もいるし、行きと違って荷物運びに関しては楽だったが、気分は重かった。

「なにかあったの、壮馬？　さっきからずっと、盆と正月が一緒に去ったような顔をしているじゃないか」

後部座席からの兄貴の問いかけに、運転席の俺は「別になにもありません」としか返せない。

「絶対になにもないって顔じゃないけどね。雫ちゃんに心当たりはない？」

「まったくありません」

そうですか、ありませんか。

あった方がいいのかわからないが。

境内の駐車場に車をとめた。源神社の倉庫は、社務所の中にある。祈禱の道具を車から運び出し社務所に向かっていた俺の足は、不意にとまった。視線が自然と、境内の左奥に向けられる。あそこの階段をのぼった先には、誉田別命が祀られた摂社と、この神社が恋愛パワースポットとなるきっかけとなった桜の木がある。

あの場所で俺と雫が鳥羽真《とばしん》さんに会ったのは、四月のことだった。

職業は大学の准教授。ＩＴ企業と連携してウェアラブルコンピュータの研究をしている、終始落ち着いた物腰の「大人の男性」。この人が目の前に現れる度に、雫はいつもの冷静さが嘘のように、頰を赤くしたり、口ごもったりしていた。最終的にその関係は、俺にとって胸を撫《な》で下ろす結果に終わったのだが。

――大人の男性の次は、同い年の超イケメン人気アイドルか。

ため息を押し殺し、兄貴たちに続いて社務所に入った。三人で廊下を進んでいる、その最中。

「嘘でしょっ⁉」

事務室の方から声が飛んできた。裏返っていてすぐにはわからなかったが、琴子さんの声だ。

あの人が、こんな声を出すなんて。

戸惑っていると、兄貴は運んでいた道具を床に置いて駆け出した。俺と雫も急いで続く。

「どうした、琴子さん？」

事務室に駆け込んだ兄貴が呼びかけると、琴子さんはぎこちなく振り返った。猫を思わせる目は、小刻みに震えている。

琴子さんの前には、桐島平《きりしまたいら》さんが立っていた。白峰さんと違って常勤の神職で、今日は午後からの出勤だった。

桐島さんは肥満気味の身体を縮こめながら琴子さんの脇を通り、兄貴にＡ４用紙を一枚差し出す。そして震えを無理やり抑えつけたような声で言った。

「御神体が盗まれました」

第二帖

御朱印のお取り扱いは慎重に

1

神社で参拝者が賽銭《さいせん》を入れて鈴を鳴らし、お参りする建物を拝殿と言う。

拝殿は、奥にある本殿とつながっている。ここには神さまが祀られていて、特別な理由がないかぎり神社関係者以外は立ち入ることができない（小さな神社だと、拝殿と本殿が一つになっていることもあるらしい）。

本殿の入口にある観音開きのドアは「御扉《みとびら》」。源神社の場合は朝拝と夕拝が終わったらその都度施錠され、鍵は事務室に保管されている。開けたままにしておくことはない。ただし大きな神事が催される日は、終わるまで開け放しておくしきたりだ。

御扉の向こうの空間は奥行きがあり、左右には、義経に捧げられた刀剣が壁に掛けられたり、鎧兜《よろいかぶと》が並べられたりしている。数は優に百を超え、サイズはさまざま。日に焼けた見るからに年代物から、最近奉納されたと思《おぼ》しきぴかぴかに輝く一品まで、製造された時代も入り交じっている。取扱注意ということで、掃除や手入れは代々の宮司しかやってはいけない決まりだ。新たなものが頻繁に奉納される上に、神事のタイミングや季節によって配置が変更になるので、雰囲気が微妙に変わることも珍しくない。

ただ、いまは朝拝のときと同じ配置のはずなのに、息を吸うことすらためらわれるほどの、異様な緊迫感が漂っている気がした。

奥の壁際にも刀剣や鎧兜がずらりとあるが、中央には木製の神棚が一つ。飾り気がなく、大きくもない。この神棚にも、観音開きの御扉がついている。扉の上下に一、二ミリ程度の隙間があるものの、中央には頑丈そうな錠がかけられ、今日まで開けられているところを見たことがなかった。神社において最も神聖で不可侵なもの――御神体が安置されているからだ。

その扉が、いまは開け放たれている。

神棚の中には、紫色の紐《ひも》で十字に結ばれた、長方形の木箱が置かれていた。長さは兄貴の肩幅にも満たない――おそらく三〇センチ前後で、色は飴色《あめいろ》。ところどころに走ったひび割れから、それなりに古いものであることが見て取れる。この中に御神体があるらしいが、神棚と同じく飾り気がなく、そんな大層なものが収納されているようには見えない。

兄貴は紐をほどくと、木箱の蓋を持ち上げわずかにずらし、中に両手を差し込んだ。小さく息をついて手を出すと、そのままゆっくりと蓋を持ち上げる。俺の傍らで、琴子さんが身体を強張らせた。

「見てもいいよ」

何人《なんぴと》たりとも見てはいけない御神体が入っている箱の蓋を開けただけでなく、中身を「見てもいい」。ということは――。

駆け寄った琴子さんが、木箱を覗き込む。その勢いに圧《お》されたのか、雫と桐島さんは一拍遅れて続く。俺は琴子さんが覚束《おぼつか》ない足取りで後ずさってから、入れ替わりに近づく。

兄貴は木箱をひょいと持ち上げると、一通り眺めた。

「穴は開けられてないね。一応、壮馬も見てみて」

「なんで俺なんですか」

「御神体そのものでないとはいえ、お収めしている箱なんだ。僕ですら、普段は触ることを禁じられている。おそれ多くて、琴子さんたちは手にすることに抵抗があるだろう」

信心ゼロが妙なところで役に立った。

兄貴に木箱を手渡される。軽かった。四方の壁面も底も、殴ったら簡単に割れそうなほど薄い。でも兄貴の言うとおり、どこにも穴は開いていなかった。

中を覗いてみる。隅の方に既視感のある、粉末状の茶色いものが少々。子どものころ玩具をしまい込んだまま何年も放置していたブリキの箱を見つけたとき、触れるのを躊躇《ちゅうちょ》した記憶が唐突に蘇った。

中にあるのは、それだけだ。

「異常ありません」

兄貴に木箱を返す。受け取った兄貴は木箱を神棚に置いてから「とりあえず応接間に行こう」と俺たちを促した。みんなで本殿を出る。でも琴子さんだけは、木箱を見つめたまま動かない。

「琴子さん」

兄貴が呼びかけると、琴子さんは、ああ、とぼんやりした声を返す。

兄貴に紹介されてから十年以上経つけれど、こんな琴子さんを見るのは初めてだ。

社務所の応接間に、俺と雫、兄貴夫婦、桐島さん、たったいま駆けつけた白峰さんの六人が集まった。兄貴はいつもどおり口許にやわらかな笑みを湛えているが、雫たちの表情は一様に硬い。

座卓には、桐島さんが見つけたＡ４用紙が置かれている。

〈御神体はいただいた。がんばってさがすといい〉

新聞や雑誌から切り抜いた文字が貼りつけられ、その文章が綴《つづ》られていた。

「換気のため神棚の御扉を開いたら、木箱の上にこの紙が——犯行声明があったんです。驚きましたが、私の独断で動くわけにはいかない。宮司に報告して木箱を開けてもらい、御神体がなくなっていることを確認しました」

白峰さんに状況を説明する桐島さんの口調は落ち着いている。以前は肥満気味の身体をおどおどさせることが多かったけれど、七月の氏子《うじこ》総会を最後にそういう姿はほとんど見なくなった。

白峰さんはジーンズに包まれた脚を忙《せわ》しなく揺らしながら「そうか」とだけ返す。

それきり、誰も口をきかなかった。壁に掛けた時計の秒針が進む音が、やけに大きく聞こえる。

「御神体がなくなると、やっぱりまずい……んですよね」

おそるおそる言う俺に、兄貴は「まずいね」と、とてもそうは思えないほど軽く認めた。

「たとえば愛知県の熱田《あつた》神宮には、三種の神器の一つ、草薙神剣《くさなぎのみつるぎ》が御神体として祀られている。皇位継承の証《あかし》として伝えられている、数多《あまた》ある御神体の中でもとりわけ名の知られた御神体だ。この御神体は、戦後、ＧＨＱに接収されることをおそれた関係者が安全な場所に隠すため、極秘裏に持ち出したと伝えられている。当時は、国家神道こそ日本が軍国主義に走った元凶と見なすアメリカ人も多かった。その象徴とも言えるものを隠したことが知られたら、逮捕はもちろん、最悪、死刑の可能性もあっただろうにね」

文字どおり、命がけで御神体を守ろうとしたわけか。

「幸い接収は免れたから、草薙神剣はほどなく熱田神宮に戻された。本来、御神体は特別なときを除いて移動させることが許されないもの。ましてや草薙神剣は、天皇陛下ですら目にしてはいけないとされている。持ち出した関係者は、肉体的にはもちろん、精神的にも相当疲弊したと思うよ。この例は別格にしても、格式ある神社の御神体はどれも丁重に扱われている。当社だって、火事や地震のとき御神体をどこにどう避難させるかのマニュアルがあるだろう」

そのマニュアルなら、三月に働き始めてすぐ教えられた。

「なら、すぐ警察に届けましょう」

「そうしたいのは山々なんだけどね。当社の御神体は代々の宮司だけが詳細を伝え聞き、さまざまな掟《おきて》を課せられている。詳細を秘すこともその一つだから届けにくい」

「そんなことを言ってる場合ですか」

「そうなんだけどね。うーん、困ったなあ」

歯切れの悪い兄貴は珍しい。それでも急《せ》かそうとする俺を、桐島さんがとめた。

「察してあげましょう、壮馬くん。御神体は、何人《なんぴと》たりとも見てはいけないんです。いくら詳細を伝え聞いたといっても、宮司も姿形を知らないのでしょう」

「そうなんですか?」

兄貴は肯定も否定もせず、苦笑いを浮かべるのみだ。ひょっとして。

「それすら言えないんですか?」

「僕に言えることは、当社の御神体は確かに存在するということだけだ。あとはご想像にお任せするよ」

「では、私が想像してお話しします」

桐島さんが居住まいを正す。

「詳細を話せない上に、形状を説明できないものが盗まれたと言っても、警察が被害届を受理してくれるかわかりません。運営の長としての宮司が御神体を見られる神社ならよかったのですが」

なんだ、運営の長って？　疑問が顔に出た俺に、桐島さんが説明する。

「いくら見てはいけないと言っても、現実問題として、御神体の存在を確認しなくてはならないことは往々にしてあります。そういうとき、祭祀《さいし》の長としての宮司は見てはならないが、宗教法人を運営する長としての宮司なら見てもよいとする神社もあるんです。当社はこれに当てはまりません」

「なるほど。しかも御神体とされているのが、よりにもよって今剣ですもんね。信憑《しんぴょう》性が低すぎますもんね」

言いにくくはあるが、この場でこれを口にできるのは雑用係の俺だけだ。

雫が「そんなことはありません」と強い口調で言った。

「神さまが宿ったものなら、どんなものでも御神体になるんです。岩や山といった誰でも見られる自然物を御神体とする神社も、火事で焼けた本殿の灰を御神体とする神社もあります。最近は、空気を御神体とする神社も建立されているんですよ。今剣が御神体でも、なんの不思議もありません」

「いや、そういうことを言ってるんじゃなくて……今剣は信頼性のある史料もなくて……存在すら疑わしいわけですし……」

ごにょごにょ言っていると、兄貴が場違いに笑った。

「壮馬はますます信じなくなるだろうけど、当社の御神体は正確には『今剣・全《ぜん》』というんだ」

「なんですか、『全』って？」

「今剣を六尺五寸から六寸五分につくり替える際に不要になった刀身を、義経公の没後、再合成したと伝えられているんだよ。刀の長さをざっくり一尺で四〇〇グラムとして計算すると、重さは二キロ以上あることになるかな——その顔は信じてないね」

縦に動きかけた首を、慌てて横に振った。とはいえ。

木箱の長さは三〇センチ前後だったから、万が一この伝承が本当だとしても、もとの長さには戻っていないということだ。さぞ刀身が厚く、ずっしりした刀になっているに違いない。

姿形を、まじめに想像する気にもなれないが。

兄貴は気を悪くした様子もなく続ける。

「形状はともかく、今剣が実在したという前提で話すと、当社に祀られていること自体はそれほど不自然ではないよ。義経公は神奈川県東部に縁《ゆかり》のあるお方だからね。頼朝《よりとも》公に追われて京から奥州へ逃げ落ちる途上で、この辺りを通ったと伝えられている。だから川崎市には、義経公が渡った橋、立ち寄った寺院などの伝承が残されているんだ。横浜市やその近隣に義経公をお祀りする神社が点在するのも、この関係だろう」

「だとしても、どうして平泉で自刃に使われた刀が、横浜に持ち込まれたんですか」

「私見だけど、海が関係しているんじゃないかな。屋島《やしま》の戦い、壇《だん》ノ浦《うら》の戦いと、義経公は海を舞台にした大戦《おおいくさ》で華々しい戦果を上げている。だから何者かが、平泉から持ち出した今剣を、義経公と縁があり、海の傍にあるこの地に奉納した。昔は中華街の辺りまで海だったしね」

横浜は港町として栄えるにつれて、海を埋め立て拡大してきた街だ。

今剣が実在するとは思えないが、「今剣とされるもの」が御神体として源神社に祀られていることに、それなりの背景があることはわかった。

琴子さんが、首をゆるゆると横に振る。

「どのみち、警察には届けたくない。御神体が盗まれたなんて話が知られたら、栄《えい》ちゃんに迷惑がかかる。これ以上、火中の栗を拾わせるわけにはいかない」

火中の栗という言い方が引っかかったが、訊ねる前に兄貴は笑いながら言う。

「そんなものを拾った覚えはないけど、僕は琴子さんのためならマグマの中の栗だって拾ってみせるよ」

「だろうね」

あっさり受け入れ、琴子さんも笑う。いつもの二人のやり取りだ。

でもなんとなく、琴子さんの笑い方にいつもより勢いがない気がした。

白峰さんが腕組みをして息をつく。

「火中の栗はともかく、大変なことにはなるだろうな。この神社には『宮司は身命を賭して御神体を守るべし』という掟もある。特別なときを除いて、御神体を本殿から持ち出すことすら許されないんだ。昔の話だが、御神体を持ち出した盗賊《とうぞく》を境内から出る前にとっつかまえたのに、自害を強いられた宮司もいると聞くぞ。さすがに現代で自害はありえないが、草壁宮司の責任問題は免れん」

いつものチンピラっぽさが嘘のような、真剣な物言いだった。助勤でほかの神社の宮司も務めているだけに、兄貴の窮地がわかるのかもしれない。

「でも御神体は神さまが宿ったものなんですよね。それがないのに隠しておくのは、参拝者を騙《だま》すことになるんじゃないですか？」

俺の言葉に、兄貴は感心したように頷いた。

「いい指摘だね。ただ、考え方にもよるけど、御神体はあくまで神さまの依代であって、神さまそのものではない。そうでなかったら、同じ神さまが複数の神社に祀られていることと整合性が取れないだろう。当社が義経公をお祀りしていることに変わりはないから、当面はこのままで問題ないよ。もちろん、早く御神体を取り戻さないといけないけどね」

ここまでの話をまとめると、「兄貴の口から詳細を語ることはできないが、今剣とされる御神体は確かにあって盗まれた。でも形がわからないし、責任問題にも発展するので警察に届けられない。自分たちの力で、可能なかぎり早く取り戻さなくてはならない」ということになるか。厳しい状況だが。

「栄ちゃんが犯人をさがす？　それなら少しは安心できるけど」

琴子さんの言うとおりだ。兄貴が動くなら望みはある。年が十一歳離れているので一緒に働くまでまったく気づかなかったが、隠しているだけで雫以上の「名探偵」かもしれないのだから。

俺たちの期待の眼差しをよそに、兄貴は首を横に振った。

「僕が宮司の仕事を放り出して調べ始めたら、氏子さんたちは不審に思うだろう」

「私の勘が正しければ、栄ちゃんなら氏子さんたちに不審に思われる間もなく解決しちゃいそうだけど」

「さすがに買い被りすぎだよ」

兄貴は首を横に振ったが、自分の勘に絶対の自信を持つ琴子さんは不服そうだ。

「そうかな」

「そうだよ。ここは雫ちゃんに任せたい——お願いできるかな?」

最後の一言は、雫に向けられたものだった。なのに雫は、いつの間にか犯行声明を食い入るように見つめている。

「雫さん」

俺が呼びかけると、雫は我に返ったように顔を上げた。大きな瞳を真ん丸にしているので、話の流れをかいつまんで説明する。

「失礼しました。もちろん、お引き受けします。がんばりましょうね、壮馬さん」

俺の意思を一切確認していないのに、手伝うと信じて疑っていない。でも、もちろん返事はこうだ。

「はい、がんばりましょう」

「ありがとうございます」

雫は一礼してから言う。

「先ほどから考えているのですが、犯行声明が置かれた理由がわかりません」

「俺たちに盗んだことを教えたかったんでしょう」

「それなら直接手紙を送ってくるなり、電話をかけてくるなりするはずです。犯人がいつ犯行声明を置いたのかわかりませんが、誰かに見つけられるまで放っておいたことは不可解です。御神体は何人《なんぴと》たりとも見てはいけないから、犯行声明がなかったら、わたしたちはしばらく盗難に気づかなかったかもしれないのに。御神体の盗難を教えたかったのか教えたくなかったのか、わかりません」

こうして分析されると、確かに妙だ。

桐島さんが口を開く。

「犯行声明が置かれた時期を特定する手がかりになるかもしれないから、本殿の管理についてお話ししますね」

本殿の戸締まりや清掃などは重要業務なので、兄貴たち神職だけが行っているのだ。

「ご存じのとおり、武具の手入れをしているのは宮司だけ。数が多いので、週に一度、一部の埃《ほこり》を払っています。今日も、必勝祈願の前にしていました。

室内の掃除に関しては、神職が回り持ちでやっています。本殿の御扉は朝拝と夕拝の一日二回開けますが、御神体が鎮座する神棚の御扉は閉めたまま。だいたい三ヵ月に一度、換気のために開けるくらいです」

「源神社《こちら》はそうなのですね。実家の神社は特別な神事のとき以外、決して神棚は開けません」

雫は興味深そうだ。神社は、お社《やしろ》ごとにしきたりがまるで違うらしい。その一方、神職が神事に臨む際の姿勢や作法は厳格に定められていて、定期的に研修を受けることで各自の癖がつかないように矯正しているそうだ。

桐島さんは頷いて言う。

「この前、神棚の御扉を開けたのは六月三十日、夏越大祓式《なごしのおおはらえしき》の日の朝です。そのときは決まりどおり、宮司が開けました」

「夏越大祓式と年越《としこしの》大祓式の朝は、僕が一人で本殿にこもって御神体に祝詞を捧げることになっているんだ」

兄貴が桐島さんの説明を補足する。夏越大祓式は六月三十日、年越大祓式は十二月三十一日に催される、半年間の穢《けが》れを祓う神社にとって重要な神事だ。

「詳しい方法は教えられないけど、御神体が無事に存在していることは大祓式の度に確認している。今年の夏越大祓式の日、御神体は無事だったし、もちろん犯行声明も置かれていなかった。祝詞を捧げた後はきちんと神棚にお収めして、錠をかけた」

「神棚の御扉の鍵は、事務室の金庫に保管してあります。複製できない特殊なものです。また、神棚にはセンサーもあって、御扉を無理やり開けたら警報が鳴る仕組みです」

桐島さんの言葉に驚いた。事務室の隅には、本殿の入口を映した防犯カメラのモニタと、過去三十日分の映像を記録したレコーダーが置かれている。これだけで充分だと思っていたのに、まだ防犯装置があったとは。

雫が桐島さんに問う。

「警報のスイッチはどこにありますか」

「事務室です」

「では理論上、事務室に出入りしている人なら防犯カメラと警報のスイッチを切って、金庫から鍵を持ち出し、御神体を盗めることになりますね」

「この中に犯人がいると言いたいんですか？」

つい詰問口調になってしまった俺に、雫は首を横に振った。

「あくまで『理論上』です。この中にいる誰にも、御神体を盗む動機はありません。なにより、ここにそんなことをする人はいません」

後半は私情であって論理もなにもないが、誰もなにも言わなかった。こんなときなのに、口許が少し緩む。それをごまかすことも兼ねて言う。

「夏越大祓式から今日までの間に、俺たち以外にもなにかの用事で事務室に出入りした人は何人かいます。その人たちが怪しいことになりますよね」

兄貴が御神体の無事を確認した夏越大祓式の日はたくさんの人が慌ただしく行き来していたし、大きな神事が催されるときのしきたりで、本殿の御扉は朝拝が終わった後も開かれたままだった。この日に事務室に入れた人物なら、本殿の御扉の鍵を盗む手間が省けるし、神棚の防犯装置を解除することも、鍵を盗むこともできる。そう話すと、雫は頷いた。

「チャンスはあったと言えるでしょうね。夏越大祓式の日にバイトで来ていた巫女――藤森《ふじもり》美鈴《みすず》さんには」

――鳥羽さんって誰？　カレシさんですか？　久遠さんのカレシさんなら、超イケメンなんでしょうね！

夏越大祓式の日、鳥羽さんの名前を聞いたとき、白拍子の装束を纏った雫相手にはしゃいでいたバイトの巫女さんを思い出す。

俺が彼女——藤森美鈴の近くに行ったのはあのときだけなので、どんな子なのかはわからない。顔すら、うろ覚えだ。ただ、雫とたいして年齢は違わなかったはず。年相応の恋バナで盛り上がっていた子が御神体を盗んだとは思えないが……。

でも琴子さんが、「そういえば」という呟きを挟んで言った。

「美鈴さんは夏越大祓式が始まる少し前、拝殿にいたよ。なにをしてるのか訊いたら『本殿の御扉が開けっ放しなので入ってみました』なんてやけに楽しそうに言うから、用もないのに入ったらだめだと注意したんだけど」

白峰さんが鼻の穴を膨らませ、琴子さんに言う。

「その子が犯人《ホシ》で決まりだ。夏越大祓式の前に、面接や研修でも来てたよな。そのときに俺たちの目を盗んで、防犯装置について調べてたんだよ」

「それはないと思います。彼女が御神体を隠し持っている様子はありませんでした。巫女装束に物をしまえるような場所は袖と懐くらいだから間違いありませんよ。念のため確認したけど、神棚の鍵は金庫にあったし、警報のスイッチも切られてませんでした」

「そうか。むう……」

兄貴が御神体の形状を明言していない以上、「御神体が巫女装束に隠せない大きさではない」とは言い切れないが、鍵が無事で、警報のスイッチも機能していたなら盗みようがない。

「もう一つ言うと、その後で美鈴さんは一度も本殿に入ってないし、近づこうともしませんでした」

琴子さんの言葉を受け、雫が視線を宙に投げながら言う。

「夏越大祓式の後で外部の人が頻繁に出入りしたのは、七夕祭りくらいですね。あのお祭りの少し前から、舞手の巫女二人と雅楽奏者がこの部屋で『浦安《うらやす》の舞』の稽古をしていました。あの人たちはどうでしたか、宮司さま?」

「雅楽奏者は、事務室にほとんど顔を出さなかった。巫女さんの方は二人とも、休憩時間に雑談に来たり、中を見学したりしてたけどね」

「じゃあ犯人の可能性があるのは、美鈴さんと『浦安の舞』の巫女二人、計三人ですね」

まとめた俺だったが、雫に「どうしてそうなるんですか」と言われてしまう。

「美鈴さんは『浦安の舞』のときに来ていた巫女の一人でしょう。犯人候補は二人です」

「夏越大祓式のときのバイトの巫女さんと、七夕祭りで『浦安の舞』を舞った巫女さんは同じ人なんですか?」

「美鈴さんは七夕祭りの前日にふくらはぎを攣《つ》ったので、『浦安の舞』はわたしが代わりに舞いましたけどね。気づいてなかったのですか?」

当たり前のように言われても困る。七夕祭りのころは雫が札幌に帰るかどうかで頭が一杯で、ほかの巫女さんを気にする余裕なんてなかったのだ。

俺の気も知らず、雫は言う。

「ただ、彼女たちが稽古で来る時間帯は、誰かが事務室にいたと思います。七夕祭り当日ならわたしたち全員慌ただしく動いているので、その隙をついて本殿と神棚の鍵を盗み、警報のスイッチを切れたかもしれませんが、小祭なので本殿の御扉は閉まっていました。あの御扉は重くて開閉するとき大きな音がしますから、鍵を開けたところで誰かに気づかれず忍び込むことは難しいはず」

「そうなると、夏越大祓式のときの方が犯行が行われた可能性が高い。美鈴さんが怪しいことになりますね」

気を取り直して言うと、雫は「そうですね」と返してきた。当然、美鈴さんから調べることになると思った。ここでバイトしていたなら、連絡先もわかるはずだ。

なのに、雫は言った。

「美鈴さんには、清宮くんに話を聞きにいってもらいましょう」

「……なんで清宮くんが出てくるんですか」

「信用できるからです」

「いくら雫さんが信用していても、御神体が盗まれたことを部外者に知られるわけにはいかないでしょう」

「よろしいですか、宮司さま」

俺には答えず、雫は兄貴に許可を求める。

「雫ちゃんに任せるよ」

琴子さんたちが不審そうな顔をする中、兄貴はあっさり頷いた。

2

清宮くんの力を借りることに誰も納得していなかったが、兄貴が「任せる」と言うのでその場は散会になった。清宮くんとつき合っているふりをしていることといい、雫がなにを考えているのかさっぱりわからない。不審に加えて湧き上がった不満をなんとか抑え込み、もう一人の巫女について考える。

七夕祭りで雫と一緒に「浦安の舞」を舞った彼女の名前は、坂下芽依《さかしためい》。年齢は二十三歳。桜木町《さくらぎちょう》駅から徒歩十分、伊勢山皇大神宮《いせやまこうたいじんぐう》の近くにある福印《ふくいん》神社に奉務する巫女だという。

ちなみに美鈴さんの方は、夏越大祓式の後、福印神社で巫女のバイトを始めた。それから「浦安の舞」をするため、再び源神社に通うようになったらしい。

福印神社に連絡すればすぐに坂下芽依と話せるが、どうアプローチしたらいいかわからない。

一応、レコーダーに録画された防犯カメラの映像も確認したが、七夕祭りから三十日以上経っているので当時の映像は残っていない（気になるものも特に映っていなかった）。雫と話し合っても答えを出せないでいると、俺のスマホにあの人からＬＩＮＥが届いた。内容に違和感を覚えつつも返信して、次の日。

日曜日なので、境内は参拝者であふれていた。今日はアジア系の団体ツアーが多く、授与所にはお守りやお札を求める人の列ができている。「来日の記念に巫女さんと写真を撮りたい！」という外国人も、いつも以上に多かった。その度に雫は授与所を出て、カメラに向かって愛くるしく微笑む。

俺もあんな風に、気軽に一緒に写真を撮れるようになりたい……。

うらやましいから見ないようにしようとしても、視線がつい雫を追ってしまう。清宮くんと一緒に写真を撮ったりしているんだろうか、などと余計なことも考えてしまう。

夕刻になってようやくツアー客が途切れたところで、見知った顔が授与所に現れた。

「よう、壮馬くん」

にこりともせずに右手をあげたのは、上水流誠司《かみずるせいじ》さんだった。七夕祭りの「浦安の舞」で神楽《かぐら》笛《ぶえ》を奏でた雅楽奏者だ。少し……いや、割と……いやいや、かなり癖のある人だが、雫の巫女舞を偏愛しているだけであって、決して悪い人ではない——たぶん。

今日は、来月、境内で催される演奏会について兄貴と打ち合わせするらしい。

「ここに来たということは、なにかお求めですか」

「ちょっと連絡があって寄っただけだ。面倒だがな」

上水流さんが身を乗り出してくる。例によってシャツもスラックスも靴も黒一色なので、闇の塊が近づいてきたようだった。

「さっき元町ショッピングストリートで遠野佳奈《とおのかな》と会った。今日これから、ここに来るそうだね。時間より早く来てしまったから、カフェで時間をつぶすと言っていたよ」

周りに誰もいないのに声をひそめる上水流さんの言うとおり。昨夜届いたＬＩＮＥは佳奈さんからで、こう書かれていた。

〈明日の夕方、時間をもらえる？　雫ちゃんもお願い。相談があるの〉

坂下芽依を早くなんとかしたいが断るのも悪くて、とりあえずＯＫした。

昨夜からずっと、文面から抱いた違和感が消えないのだが。

上水流さんは、さらに声をひそめる。

「安心してくれ。君と遠野佳奈がつき合っていることは誰にも話してないし、これからも話すつもりはない」

フレームが薄い眼鏡の向こう側にある双眸は、真剣そのものだ。ひきつった笑みを浮かべることしかできない。

佳奈さんは一つ年上の、俺の元カノだ。いまは元町《もとまち》・中華街《ちゅうかがい》駅から十五分ほどの白楽《はくらく》駅近くの塾で講師をしている。

いろいろあって、上水流さんには、俺と佳奈さんがよりを戻したと嘘をつかなくてはならなくなった。でも言いふらされてはたまらないので、後から「内緒にしてほしい」とお願いした。結果、「上水流さんだけが、俺と佳奈さんがよりを戻したと思っている」という、ややこしいことになってしまったのだ。

「では打ち合わせに行ってくる。面倒だが、いい雅楽を奏でるためには事前に決めるべきことはしっかり決めておく方が面倒じゃないからな」

相変わらずまじめなのか物臭《ものぐさ》なのか判断に困る言葉を残し、上水流さんは背を向けた。

一時間後。

今日の奉務を終え、私服に着替えた俺と雫は、社務所の応接間で座卓を挟んで佳奈さんと向かい合っていた。うっすら青みがかった瞳に、高い鼻。肩で切りそろえた髪は、濃いめの赤。顔立ちは西洋人形のよう。こうした外見は、スペイン人の母親譲りらしい。

「久しぶりだね、壮馬」

佳奈さんがにっこり笑う。顔を合わせるのは、七夕祭りの夜以来だ。身体が少し硬くなる。佳奈さんとは、あくまで上水流さん相手に「よりを戻したふり」をしているだけの関係ではある。でも佳奈さんは、もしかしたら本当に俺のことを、まだ……。

「お久しぶりです」

ぎこちなくならないように、ゆっくりした口調で返す。佳奈さんはそのことに気づく様子もなく、雫に言った。

「雫ちゃんもお久しぶり。高校生活は楽しい？」

「はい。神社との掛け持ちは大変ですけど充実してます。佳奈さんにも感謝しています」

佳奈さんに応じる雫の顔つきは、素顔の無表情だ……あれ？

「いつの間に、そんなに仲よくなったんですか？」

二人に訊ねる。雫は推理を披露するとき以外、佳奈さんには参拝者向けの笑顔を向けていた。それに名字で呼び合っていたはず、と思ったとき、昨夜のＬＩＮＥの違和感の正体が「久遠さん」ではなく、「雫ちゃん」と書かれていたことだと気づいた。

「佳奈さんの塾で勉強を教えてもらっていたんです。おかげで編入試験に合格できました」

「雫ちゃんはもともと頭がいいから、私が教えることはあんまりなかったけどね」

「そんなことありませんよ。佳奈さんがポイントを教えてくれたから、現国は満点を取れたんです」

「そう言ってもらえると、教えた甲斐がある」

テンポよく交わされる会話を前に、思わず呟く。

「俺にも、佳奈さんのところに通っていることを教えてくれればよかったのに」

雫と佳奈さんが、同時に俺の方を見た。

「気づいてなかったのですか？」「気づいてなかったの？」

声までそろっている。図書館で勉強しているのは知ってたけど……。

雫がお茶をいれに出ていくと、佳奈さんは言った。

「いい子だよね、雫ちゃん。カレシができたらしいけど、全然恋してる感じじゃないから本当とは思えない」

「ですよね……って、なんで知ってるんですか？」

「試験合格のお礼の電話をくれたとき、なにか隠してる気がしたから問い詰めてみたの。そうしたら、ぽろりとね。どんな人かまでは聞き出せなかったけど。壮馬は知ってるの？」

「少し話はしました」

「どんな子だった？」

「いい奴でしたよ」

超人気アイドルでした、と言ったら大騒ぎしそうなので、別の特徴を答えておく。

「いい奴でも、所詮は嘘カレシでしょ。早くお別れして、壮馬とくっつくことを祈ってるよ」

「雫さんとは、ただの教育係と雑用係の関係ですよ」

本音を隠して笑うと、佳奈さんは「私に気を遣わなくていいのに」と言いながら、右手を髪に近づけていった。この人は嘘をつくとき髪に触れるという、わかりやすい癖がある。やっぱりまだ俺のことが、と思うのを見計らったように、佳奈さんは髪に触れる寸前で指をとめた。

「触れると思う？　触れないと思う？」

佳奈さんは青みがかった瞳を細くして、唇に薄い笑みを載せる。どきり、と自分の胸から音が鳴った。この人、こんなに色っぽかったっけ？

「壮馬次第でいいんだよ？」

「……からかわないでください」

「失礼します」

襖《ふすま》の向こうから雫の声がして、反射的に背筋が伸びた。佳奈さんの方は、なにごともなかったように笑みをかき消す。襖を開け、雫が入ってくる。座卓にお茶を並べた雫は「なにかありましたか？」とでも問うように、大きな瞳で俺を見上げてきた。気づかないふりをしてお茶をすすり、「それで、ご用件は？」と切り出す。

佳奈さんは、お茶に手をつけることなく口を開く。

「七夕祭りのとき、この神社で巫女舞をした子——坂下芽依のこと。彼女、私の友だちなの」

佳奈さんの口からその名が出るとは思わなかった。

「芽依は勤めている神社の宮司さんが頑固で、もともと気苦労が多かったの。おとなしい子だから、なおさらね。その上トラブルに巻き込まれて、かなり参ってるみたい。詳しくは本人から聞いてほしいんだけど、雫ちゃんの得意分野だと思う。力になってくれないかな？　雫ちゃんが困っている人の相談に乗っていることを話したら、『ぜひお願いしたい』と言ってたし」

ぜひお願いしたい、か。坂下芽依——佳奈さんの言い方に倣って芽依さん——が御神体を盗んだのなら、臆面《おくめん》もなくそんなことを言えるとは思えない。もちろん、その裏をかいている可能性もゼロではないが。いずれにせよ、「参っている」なら、隙をついていろいろ訊き出すチャンスではある。

でも気乗りしない。トラブルを解決してから調べた方が、きっとすっきりする。

そう思いながら隣をそっと見遣ると、雫と目が合った。それだけで雫は頷き、佳奈さんに視線を戻す。

「わたしでよければ力になります。福印神社にうかがいますので、芽依さんにアポを取っていただけますか」

「失礼します」

廊下からの声が、雫の語尾に重なる。襖を開いたのは、琴子さんだった。作法に則《のっと》って、廊下に正座している。残業していたらしく、白衣と萌葱《もえぎ》色の袴を纏ったままだ。奉務中、神職はアクセサリーをつけてはいけないし、眼鏡や腕時計すらできるだけ簡素なデザインのものにしなければならない。派手な化粧などもってのほかだ。

そのせいで今日の琴子さんは、顔色の悪さが目立った。でも口調はいつもどおり、からりとしている。

「立ち聞きするつもりはなかったんだけど、廊下を通ったら会話が耳に入っちゃった。雫ちゃんが福印神社に行くのはやめた方がいい」

「どうしてですか、琴子さん?」

佳奈さんが訊ねた……って、いつの間にか琴子さんのことも下の名前で呼ぶようになっている。

「福印神社の小山田《おやまだ》宮司は、徹底的な男尊女卑主義者なの。雫ちゃんが参拝者のために謎解きしていることも、私たちほどは、まあ、評価してない」

「はっきり言っていただいて結構ですよ」

雫が促すと、琴子さんは苦笑しつつ言い直した。

「巫女のくせに出しゃばりだ、とよく思っていない。雫ちゃんの代打で芽依さんたちに『浦安の舞』をお願いしたときも、栄ちゃんにさんざん嫌味を言ってきたみたい。あちらの禰宜《ねぎ》が間に入ってくれなかったら、芽依さんたちを派遣してくれなかったかもしれないね」

禰宜というのは神社の役職の一つで、一般企業で言うところの管理職のようなものだ。本来、宮司に次ぐ役職は権宮司《ごんぐうじ》だが、大きな神社にしかいないので、事実上のナンバーツーが禰宜である場合が多い。福印神社のことはよく知らないが、そこまで大きくはないようなので、おそらく禰宜がナンバーツーなのだろう。

巫女のくせに、なんて……。雫は表情を変えなかったが、俺は顔をしかめてしまう。

「だったら、芽依にここに来てもらっていいですか？　それならゆっくり話せます。ご迷惑でなければ、ぜひ」

佳奈さんが言った。敬語を使っているし、話の流れから、琴子さんに話しかけていることは明らかだ。なのに、琴子さんは返事をしない。佳奈さんが戸惑い気味にこちらを見る。俺が「琴子さん」と呼びかけると、琴子さんは「うん？」と気の抜けた声を出した後、「ああ、ごめん」と言いながら笑った。

「私に話してたんだよね。雫ちゃんも佳奈ちゃんもかわいいから、つい見惚れちゃってたよ。もちろん構わない。ただ小山田宮司には、雫ちゃんが相談に乗ること自体、知られないようにした方がいいと思う。芽依さんにも口止めしておいてね」

芽依さんにはその場で連絡して、明日の午後、源神社に来てもらうことになった。「芽依のことをよろしくね」と帰っていく佳奈さんを鳥居まで見送った後、俺は雫に言う。

「琴子さん、いつもと様子が違いますよね。御神体を盗まれたことがよっぽど応えてるんでしょうか」

「氏子さんから聞いた話ですが、宮司さま――栄達さんは、琴子さんのために宮司職に就いたそうです。だから御神体の盗難によって、栄達さんの立場が悪くなることを気に病んでいるのでしょう」

「琴子さんのためにって、どういうことですか？」

歩きながら話すつもりなのだろう、雫は短く急な階段を上っていく。俺はその後に続く。

「福印神社の小山田宮司は巫女を見下しているようですが、神社界にはそうした男尊女卑の考えを振りかざす方々がほかにも一定数いらっしゃいます」

その話は、以前も聞いたことがある。源神社はそういうことが全然ないので、ぴんと来なかったが。ただ、それは兄貴が男女平等の方針を掲げているから。これが気に入らなくて、一年ほど前、白峰さん以外の神職が一斉退職したと聞いている。

「神社本家《ほんけ》の執行部も例外ではなく、女性が宮司職に就くことを簡単には認めません」

神社本家というのは、源神社が所属している宗教法人だ。神社の多くが所属する神社本庁に次ぐ規模を誇る法人である。宮司になるには神社本家の許可が必要なことは知っていたが、女性宮司に関する話は初めて聞いた。

「神社本家の方針が原因で、かつて、源神社でも揉《も》めごとが起こったそうです。誰が宮司になるかは関係者の話し合いで決められることもありますが、長子が継ぐのが原則。長子といっても、実質は長男です。

琴子さんの曽《ひい》おじいさまである草壁弦雄《げんゆう》――三代前の宮司さまのお子さんは、長子が女性、次子が男性の姉弟《きょうだい》でした。

慣習に従うなら、宮司になるのは弟。でも姉は宮司になりたがっていた。当時、源神社唯一の女性神職で、とても優秀な方だったそうです。三代前も、体調を崩して引退を考えた際、姉が後継ぎにふさわしいと考えた。弟も同様。神社本家からも、姉の宮司就任を認める連絡が内々に来ていました」

「じゃあ、先々代の宮司は女性だったんですか」

「いいえ。神社本家は『女だから』という理由で決定を覆し、嫌がらせのように、姉が源神社の神事に携わることすら禁じてきました。彼女を疎ましく思っていた男性神職たちも、それに従った。三代前はなんとかしようとしましたが、体調が思わしくなく、どうにもできなかった。結局、姉は失意のうちに神社界を去りました。最後に目撃されたのは、本殿で御神体の入った木箱を手に取り、じっと見つめる姿だったそうです。本来はしてはならない行為ですが、そうせずにはいられなかったのでしょう。目撃した三代前も、黙認したそうです」

それはきっと、肩を落とした、さびしげな姿だったに違いない。

階段を上り切った。晩夏の夜に沈んだ境内は空気が冴《さ》え冴《ざ》えとして、少し前まで続いた熱帯夜が嘘のようだった。

手水舎の傍につくられた花壇には、青紫のリンドウが薄闇にぼんやり浮かんでいる。光に反応して開く花で、この時間は花弁を閉じていた。

リンドウの花言葉は「正義」。花手水に協力してくれている花屋さんが「参拝者のために謎解きする雫ちゃんにぴったりの花言葉だ。咲いた姿も可憐《かれん》で、よく似合う」と言って、植えてくれたものだ。

雫は足をとめ、話を続ける。

「姉が去った後、宮司に就任したのは弟でした。琴子さんのおじいさまです。この件は『源神社の宮司になれるのは男性のみ』という前例をつくってしまいました。だから先代の宮司が急逝《きゅうせい》されたとき、一人娘の琴子さんが宮司になることに反対する声が起こったんです。男性が宮司になることを優先して、神社界と縁のない遠い親戚や、血縁でない男性神職を推す声もありました。一部の氏子さんは、白峰さんで話をまとめようとしたようです。ご本人が頑《かたく》なに拒否したそうですが」

白峰さんは「こんな人気のある神社の宮司なんて面倒くせえ」と宮司就任を固辞したと聞いていたが、本音は別のところにあったのかもしれない。

あの人のことだから、すなおに認めないだろうけれど。

「代々受け継いできた源神社の宮司職を『女だから』という理由で第三者に明け渡さなければいけない。そのことに琴子さんは抵抗しましたが、状況は不利。だから栄達さんが、宮司に立候補したんです。栄達さんは旧来の枠に囚《とら》われない発想をするから、ベテランの神職さまたちに随分と疎まれていました。案の定、猛反対を受けましたが、すべて撥《は》ね除《の》けたと聞いています」

兄貴がそんなことを……。「奉務先の神社の宮司になった。社長みたいなものだよ」としか言ってなかったから、宮司の一人娘と結婚して逆玉に乗ったんだな、くらいにしか思ってなかったのに。

「琴子さんのためにも、早く御神体を取り戻さないといけませんね」

その一言が、俺の口から自然とこぼれ出た。雫は一度リンドウに目を向けてから、凛《りん》とした声音で応じる。

「そうですね」

次の日の奉務後。俺と雫は私服に着替える間もなく、応接間に芽依さんを迎えた。

芽依さんは、紺色のスカートスーツをきっちり着ていた。荷物は、少し大きめの黒いショルダーバッグ。

神事に臨む際は背筋を伸ばすので、神職や巫女は総じて姿勢がいい。芽依さんも背筋が壁に沿ったように真っ直ぐだ。長い黒髪を一本に束ね、どちらかと言えば小柄。一つ一つの特徴は雫と似ている。でも、

「……よろしく、お願いします」

俯きがちな上に、耳を傾けないと聞き取れないほど声が小さいので、受ける印象はまるで違った。佳奈さんの言うとおり参っているのか、目の下には気の毒なほど黒いクマが浮かんでいる。

「七夕祭りで一緒に舞いましたけど、じっくりお話しするのは初めてですね」

神社関係者相手なので、雫は氷の無表情だ。芽依さんは微《かす》かに頷くのみ。

「俺とは挨拶もろくにしたことがありませんよね。坂本壮馬です」

和ませたくて朗らかに言ったが、芽依さんは俺の顔を見ず「初めまして」と呟くように返しただけだった。雫と「浦安の舞」を舞った姿が堂々としていたのでわからなかったけれど、人見知りらしい。意志の強さが滲んだような太めの眉とはアンバランスな印象だ。佳奈さんが「おとなしい子」と言っていたことも頷ける。

でも御神体を盗んだことが後ろめたくて、こんな態度しか取れない可能性だってある。

雫も同じように考えているに違いないが、それをおくびにも出さず言う。

「佳奈さんから、トラブルに巻き込まれたとうかがいました。力になれるかわかりませんが、お話を聞かせてください」

一体どんなトラブルなのか。身構えていると、芽依さんは「実は」と前置きして、迷うような間《ま》を挟んでから切り出した。

「この一週間、ブラジル人の男の子がいたずらを謝ってくれなくて困ってるんです。なんとか謝らせる方法はないでしょうか」

全身から力が抜けていった。いたずら？　謝らせる？　本当に参るようなトラブルなのか？

思いを顔に出さないようにしている間に、芽依さんはつかえながらも語り始める。

「事件」が起こったのは福印神社が管理する無人神社、保土稲荷社《ほどいなりしゃ》。横浜市保土ケ谷区《ほどがや》にある、お稲荷さんを祀った神社だ。

日本で最もたくさん神社に祀られている神さまはお稲荷さんか八幡さまと言われているほどな

ので、珍しい祭神ではない。ただ、保土稲荷社は御神木の楠《くすのき》が立派で前々から参拝者が多かった。アニメの舞台のモデルとして使われてからは「聖地巡礼」で訪れるファンも出てきた。このアニメは来年の映画公開が決まっていて、御朱印を求める人が急増している。ただ、授与所に神職や巫女を常駐させる余裕はない。そこで、あらかじめ書いておく——いわゆる「書き置き」の御朱印を用意して、手の空いた氏子さんに回り持ちで授与所に待機してもらい、参拝者に応対していた。

「神職や巫女以外の人が御朱印を扱っていいんですか？」

話の途中だが質問してしまう。芽依さんが助けを求めるように視線を向けると、雫は頷いた。

「人手が足りない神社では、祭事のとき氏子さんに御朱印の授与をお願いすることがあります。神職ではなく近隣の有志が管理している神社もありますし、急に増えた参拝者さまへの応対としては妥当なものだと思います」

芽依さんはほっと息をつくと、話を再開する。

「みなさん、保土稲荷社を守《も》り立てようと思って、ボランティアで力を貸してくださっていたんです。でも三ヵ月前、スケジュールを管理している氏子さんが亡くなってしまいました。若い人が代わりを申し出てくれたんですが、この人が外国人で、小山田宮司が、その……『外国人には日本人のような勤勉さがないから信用できない』と言ってしまって……亡くなった氏子さんは宮司の幼なじみだったのでショックを受けていたところに『立派に代わりを務めてみせます』と言われて、つい感情的になって口にしてしまったのだと思うのですが……」

いくらショックを受けていても言っていいことではない。語尾に近づくにつれ、芽依さんの声はか細くなっていった。

「すぐに謝ればよかったのですが、売り言葉に買い言葉で揉めに揉めて、ほかの氏子さんたちとも喧嘩《けんか》になってしまいました。もう誰も授与所に来てくれません……。

宮司は『ほしい参拝者には福印神社まで来てもらえばいい』と言ったんですけど、車で二十分近くかかるんです。このままだと参拝者に迷惑がかかってしまいます。なんとかしたいと思って、保土稲荷社の授与所に書き置きの御朱印を置いて、お賽銭を入れた人だけ持ち帰れるようにしました。野菜や果物の無人販売所の、御朱印版みたいなものですね」

雫が目を丸くする。

「そういう授与所はありますし、感染症対策で一時的にそういう措置をとった神社も知っていますが、全国的に見れば多くありません。都会なら、なおさらです。しかもこれまで授与所に人がいたなら、小山田宮司は抵抗があったはず。よく許可してくださいましたね」

「最初は却下されました。でも『無人販売所は日本人を特別扱いしているみたいで嫌でしたけど、宮司も引っ込みがつかないだけで、どうしたらいいか困っていたようですし」

「失礼ですが、小山田宮司は気難しい方の様子。巫女の身で、どうしてそこまで？」

俺も雫と同じ疑問を抱いた。加えて、芽依さんはこういう人だ。宮司を説得したと言われても、ちょっとぴんと来ない。

芽依さんの眉が、きりりと持ち上がった。

「将来、神職になりたいからです。巫女を始めたのは、高校を卒業する直前に内定を取り消されたからで、思い入れがあったわけじゃないんです。でもたくさんの日本人が、普段は神社のことを意識していなくても当たり前のように初詣やお祭りに来ますよね。おもしろいと思っているうちに、段々と神道に興味が湧いてきました。うちの神社の巫女は二十四歳で定年です。それまで勤めてから、神職の資格を取りたいと思ってます」

「二十四歳でもう定年なんですか?」

なにかの間違いじゃないかと思ったが、雫は「珍しくありませんよ」と言う。

「ほとんどの神社では、巫女は二十代半ばから後半までに退職します。三十歳以上の巫女は、全国的に見てもほとんどいないのではないでしょうか。退職した巫女は、芽依さんのように神職を目指したり、事務員になったりするんです。一番多いのは、神社界から離れる人ですけどね」

巫女が一生続けられる仕事でないことはわかっていたが、思った以上に期間が短い。

雫はどうするんだろう? 実家の神社を継ぐなら、やっぱり神職の資格を取るのだろうか?

その前に、父親との関係をなんとかしなくてはならないだろうが。

「福印神社で巫女をしているうちに、神社界の問題点も見えてきました。男尊女卑だけじゃない、考え方があまりに古すぎます。時代に合わせて、どんどん変わっていかなくてはならないのに。私は、変えられる神職になりたい。無人の授与所に御朱印を置くのは、その一歩なんです。日本の人口はどんどん減っていて、神社も人手不足。遠くないうちに、そういう授与所は都会も田舎も関係なく、各地に必要になるはず。もちろん当社の場合、本当なら氏子さんとの信頼関係を取り戻すことの方を優先するべきで、あくまで窮余の策ではありますが」

芽依さんは、バイトの面接でも受けているかのように歯切れよく語る。さっきまでとはまるで別人だ。

「授与所には、御朱印は神さまとのご縁の証だから、お賽銭を入れずに持ち去ってはいけないと注意書きした貼り紙をしました。近くに大きな団地があって境内で遊ぶ子どももいるから、ひらがなを多めにして、わかりやすい文章にしましたよ。まだ字が読めない子のためにイラストも描きました」

言葉を切った芽依さんはバッグからスマホを出すと、「こんなイラストです」と言いながらディスプレイを向けてきた。一枚目が百円玉二枚、二枚目が子どもがそれを箱に入れるところ、三枚目が別の箱から御朱印を取り出すところ。なかなかうまい。

「近くに外国人の子も住んでいるから、できるだけ集まってもらって、口頭で直接説明もしました。それでうまくいってたんです。でも夏休みの間にアントニオくん――ブラジル人の男の子が引っ越してきて、状況が変わってしまいました」

芽依さんはバッグから、今度は紙の束を二組取り出した。

「普段からスマホで日記をつけているんです。お二人の分をプリントアウトしてきました。なにがあったかは、これを読んでください」

「読んでいいんですか」

たじろぐ俺に、芽依さんは紙の束を突きつけるように差し出す。

「私はしゃべるのがあまり得意ではありませんから、日記を読んでもらった方が早いです。読みやすいように、小説っぽく書き換えてみました。明け方まで時間をかけた割には読みにくいかもしれませんけど、ご了承ください」

もしかして目の下のクマは、それが原因？

「でも――こう言ってはなんですけど、いくら小説っぽくしたとはいえ、今日初めてまともに話をした俺たちに日記を読ませることに、抵抗はないんですか？」

「はっ！」

芽依さんの口から、不意打ちを喰《く》らったアニメのキャラクターのような声が漏れ出た。慌てて紙の束をバッグに戻しかけたが、唇を噛みしめると、頬を真っ赤にしながらももう一度差し出してくる。

「読まれて困るようなことは書いてない……と思います」

消え入りそうな声ではあったけれど、芽依さんは言い切った。その声が、胸にじんわりと染み込んでくる。

「読ませていただきましょう、壮馬さん」

「そうですね」

3

九月▼日（土曜日）
朝から憂鬱《ゆううつ》だった。今日は小山田宮司と保土稲荷社の掃除をする日。宮司はいつも獅子舞の獅子みたいなしかめっ面《つら》をしていて話しづらい。私が無人授与所を提案してからは特にそう。移動中の車の中で、会話はほとんどなかった。風が強く、窓を閉めていても唸《うな》るような音が聞こえるせいで、空気が余計に重たく感じられる。

それでも宮司は、取り立てて不機嫌ではなかったのだ——保土稲荷社に着くまでは。

十一時半少し前。神社の傍にとめた車から降りた直後。

「なにをしている！」

宮司の一喝が響き渡った。相手は、中南米系の男の子と、日本人の女の子。どちらもまだ小学校低学年で、拝殿の階段に腰を下ろしている。男の子は、紙で飛行機を折っていた。使われているのは、市販の折り紙ではない。

保土稲荷社の御朱印のようだった。

女の子は御朱印の束を持っている。少なく見積もっても十枚はあるだろう。御朱印一枚につき、納めてもらうお金は二百円。こんな小さな子たちが、これだけの御朱印のお金を納めたはずがない……いや、納めていたとしても、境内で御朱印をこんな風に扱っている時点でアウトなんだけど。

猛然と走り出した宮司だったが、鳥居の前で急停止すると一礼した。鳥居をくぐる前には一礼するのが神社のしきたり。染みついた習慣は、こんなときでも抜けないらしい。

その間に、男の子は女の子の手をつかんで駆け出した。女の子が持っていた御朱印が強風にあおられ、大きな紙吹雪《ふぶき》のように宙に舞う。

保土稲荷社の境内は、子どもたちが五、六人で鬼ごっこをしたら手狭になる程度の広さしかない。二人は、あっという間に境内から飛び出していく。高齢な上に肥満体質の宮司は、とても追いつけない。

「追いかけなさい！」

宮司に急かされるまでもなく、私は走っていた。宮司に雷を落とされるのは気の毒だけれど、あの子たちを放っておくわけにはいかない。

保土稲荷社のすぐ脇には、巨大な団地がある。二人はその敷地に駆け込んでいった。

運動神経には自信がある。七夕祭りで「浦安の舞」を舞ったときだって、源神社の超絶かわいい巫女さんが「お上手ですね」とほめてくれた（あの子も相当うまかったけど）。子どもに追いつけないはずがない……のだけれど、風が吹き、砂ぼこりが目に入って足がもつれた。それでも目をこすりながら走り、角を曲がったところで足がとまってしまう。

高い上に横長の住宅棟が遊歩道を挟んで三つずつ、コピー＆ペーストしたように並んでいる。どの棟も窓が軒並み私の方を向き、睨み下ろされているような圧迫感を覚えた。

二人の姿は、どこにもない。

各棟の入口は二つ。それほど先に行ったとは思えないけれど、どの棟に駆け込んだのかわからない。見回しながら歩いていると、真ん中の棟の前で子どもが五人、鬼ごっこをしていた。境内にいた二人について訊ねたけれど、見てないし、知らないという。この子たちの話によると団地は各棟十階建てで二十号棟まであるらしいから、面識がないのも無理はない。

遊んでいる子どもたちはほかにもいたけれど、答えは同じだった。なんの手がかりもないまま境内に戻る。

社殿の階段には、不器用に折られた飛行機らしきものと、御朱印の切れ端があった。長方形の御朱印を、折りやすいように正方形にしたんだ。

私の顔を見ただけで首尾を察したらしい、宮司は荒々しく息をついた。

「君が『時代に合わせる』なんて抽象的なことを言ってるから、こんなことになるんだ」

時代なんて抽象的なものよりも、もっと大事なものがあるんじゃないか——私が無人授与所を提案したとき、宮司からさんざん言われた言葉だ。もとはと言えば、自分が外国人を侮辱する発言をしたことが原因なのに。

「神さまに非礼極まりない。あの外国人の子に謝らせなさい」

「でも、彼の仕業とはかぎらないのでは……」

「女の子が盗《と》ったと言いたいのかね？　御朱印を持ち去らないように貼り紙をしたんだろう。あれを見たら、そんなことはしないはずだ」

女の子が貼り紙を無視したのかもしれません。決めつけはよくありません。

毅然《きぜん》と言い返したかったけれど、現実には唇を震わせることすらできない。

「女の子の方は見ていただけで、なにもできなかったんだろう。男の子は外国人だから日本語が読めず、イラストの意味もわからなかったか、わかっていても御朱印のなんたるかが理解できなくて無視したか。どのみち、きっちり頭は下げてもらおう。でないと、氏子に示しがつかん」

そんなものつかなくていい。でも、宮司の気持ちも少しわかる。スタンプラリー感覚で集める人もいるけれど、本来、御朱印とは神聖なもの。たとえ子ども相手でも看過できないのだろう。もともと無人授与所にいい顔をしていなかったのだから、なおさらだ。

とはいえ宮司がこの剣幕で怒ったら、本当に盗んだのだとしても男の子がかわいそうだし、氏子さんたちの心はますます離れていく。しどろもどろになりながらも説得して、「ひとまず男の子に話を聞いて、盗んだのであれば謝ってもらう。それなら怒鳴らずに許す。無人授与所も引き続き設置を認める」という約束を取りつけた。

迷いなく駆け込んだ様子から、あの二人が団地のどこかに住んでいることは間違いない。管理組合に問い合わせたいところだが、宮司は彼らも怒らせている。自力で見つけ出すしかない。

今日はこの後、夕方まで奉務があるから、明日また来よう。休日返上になるけど仕方がない。

九月×日（日曜日）

朝から出かけるつもりだったのに寝坊してしまった。

昨日の夜、遅くまで起きていたせいだ。

急いで朝食をとって、保土稲荷社に着いたのは昨日と同じ、十一時半少し前。お稲荷さんにお参りし、「男の子が見つかりますように」とお願いする。どこかからキーンコーンカーンコーンと、チャイムの音が聞こえてきた。この神社で、こんなものを聞くのは初めてだ。なんだか励まされているようで気合いが入った。勇んで団地に向かう。

無人授与所をつくる際に集めた外国人の子どもたちの中に、昨日の子はいなかった。引っ越してきたばかりなのかもしれない。同じ外国人の子どもたちに話を聞けば、その辺りのことがわかるかもしれない。

でも団地は日曜日とは思えないほど静まり返っていて、遊んでいる子はどこにもいなかった。家でゲームでもしているのだろうか。せっかく天気がいいのに、もったいない。

いきなり当てがはずれたけれど、小さい子を連れた夫婦や大学生らしい青年、散歩しているお年寄りなどは見かけた。

やけにおしゃれをした女性も何人か見かけたけれど、みんな早足で、とても話しかけられる雰囲気ではなかった。

何度も深呼吸してからおしゃれ女性たち以外に声をかけ、自分が保土稲荷社関係者であることを伝え、小山田宮司に敵意を持っていないかさぐりを入れる。この段階でアウトな人には必死に謝って離れたが、セーフな人には「最近引っ越してきた外国人がいたら無人授与所のことを説明したいのですが、そういう人はいますか」と話を持っていった。

微妙に嘘をついているが、本当のことは言いづらい。

空振りが続いたものの、犬を散歩中のお年寄りから、夏休みの間にブラジル人一家が団地に引っ越してきた話を聞けた。どこの棟に住んでいるかまではわからなかったけれど、あの男の子がこの一家の子だったら助かる。

そう考えながら団地を歩いていると、見覚えのある女の子が正面から歩いてきた。長い黒髪に細い両目、薄めの唇。もしかしてと見つめているうちに、昨日の女の子だと確信した。

女の子の方も私のことがわかったらしい。数歩後ずさる。

「待って」

大きな声を出したつもりはない（そもそも出せない）けれど、女の子は踵《きびす》を返して駆け出した。でも少し走っただけで立ちどまり、肩で大きく息をする。私の方をおそるおそる振り返った顔は、病人みたいに青白かった。

「こわがらないで。昨日のことをちょっと聞かせてほしいだけだから」

やわらかい声音で言いながら近づく。女の子は身体を硬くしていたけれど、「絶対に怒らないから。ね？」と言いながら差し出した手を、おずおずと握ってくれた。自分が緊張していることを悟られないように注意しながら歩き、目についたベンチに並んで腰を下ろす。

女の子は、なかなか口を開いてくれなかった。私も話すのが苦手なので、会話の糸口をつかめない。それでもいろいろ訊いているうちに、七月、この団地に越してきたばかりであることを話してくれた。

名前はタナカアン。「タナカ」は「田中」だろうけれど、「アン」がわからない。

「『アン』ってどんな字を書くの？」

「アントニオ、のアンと、同じ」

たどたどしい上によくわからない説明だったけれど、昨日、一緒にいた男の子の名前が「アントニオ」なのだという。要はカタカナということだ（ややこしい）。

年齢は、ちょっと前に八歳になったばかりだという。小学二年生か。

思ったとおり、アントニオくんは先月来日したばかりのブラジル人一家の子どもで、アンちゃんと同じ小学二年生。保土稲荷社で時々会うけれど、どこに住んでいるかまでは知らないという。

少しは気を許してくれたようで、ここまではどうにか聞き出せた。

でも御朱印については、さっぱりだった。

「御朱印――あなたたちが折り紙していた紙は、どうやって手に入れたのかな？」

「私が行ったときには、もうアントニオが折り紙してた」

「じゃあ、アントニオくんはどうやって？」

「知らない」

「どうして逃げたの？」

「おじいさんがいきなり大きな声を出して、こわかったから」

「確認だけど、アンちゃんが神社の中にある建物から紙を持ち出したんじゃないんだね？」

「違う」

文字にするとスムーズだけれど、実際には訊く方も答える方もいちいち言葉に詰まったことを記しておく。

本当のことを言っているのか判断はつかない。でも話してみると、アンちゃんはおとなしい子のようだった。貼り紙を無視して御朱印を持ち出す姿は、ちょっと想像できない。やっぱりアントニオくんの仕業のような気がしてきた。

鞄から、用意していた手紙を取り出す。

「これを――」

「いらない」

まだ言い始めたばかりなのに、首を横に振られてしまった。私は慌てて言う。

「アンちゃんにもらってほしいんじゃないの。今度会ったら、アントニオくんに渡してもらえないかな。ポルトガル語で、御朱印が大切なものであることと、私の連絡先が書いてあるから」

ポルトガル語は、ブラジルの公用語だ。どこの国の子かわからなかったので、英語やスペイン語など、ほかの言語で書いた手紙も用意してきた。

昨日遅くまで起きていたのは、各国語の辞書を引きながらこの手紙を書いていたからだった。

アンちゃんは「アントニオに渡すやつなら」と呟き、ついさっきの拒絶が嘘のようにすんなり手紙を受け取るとズボンのポケットにしまった。

「なにしてるの、アン？　家にいなさいと言ったじゃない」

遊歩道から女性が声をかけてきた。グレーのシャツと白いスカートをきっちり着こなした、背の高い人だ。女性は、私とアンちゃんを交互に見ながら近づいてくる。私より少し年上だろう。右手に提げたエコバッグからは葱《ねぎ》の先端が覗き見えていた。

「お母さんをさがしてた」

アンちゃんが小声で言うと、女性――アンちゃんのお母さんは眉根を寄せながらも微笑んだ。

「ちょっと買い物してくるだけだって言ったじゃない」

語尾と同時に私に向けられた目は一転して険しく、言葉の代わりに「どなたですか？」と詰問している。緊張した私が「あう」とか「その」とかしか言わないからだろう、お母さんの目はますます険しくなっていく。

御朱印の話をしてアンちゃんが怒られたらかわいそうだ。アンちゃんに目配せしてから、自分が保土稲荷社関係者で、「最近引っ越してきた外国人がいたら無人授与所のことを……」と少し言い慣れたフレーズを口にすると、お母さんの目つきはみるみるやわらいでいった。

「それはお疲れさまです。でもご近所づき合いがないので、そういうことはわかりません。ごめんなさい」

警戒心さえ解ければ、感じのいい人だった。こんな人に育てられているアンちゃんが貼り紙を無視する姿は、やっぱり想像できない。

「せっかくだから、お菓子でも買って帰ろうか」

そう言って、お母さんがアンちゃんの手を引き歩いていってすぐ、小山田宮司から電話がかかってきた。巫女が一人、発熱して早退したので、急遽《きゅうきょ》、出勤してほしいという。もう少しアントニオくんをさがしたかったけれど、断れなかった。

九月●日（火曜日）

昨日は仕事で、保土稲荷社に行くのが一日空いてしまった。一昨日、私に急な出勤を頼んだからだろう、小山田宮司は御朱印についてなにも言わなかった。

でも、またいつ「時代なんて抽象的なものより」云々《うんぬん》の説教が始まるかわからない。早くアントニオくんを見つけないと。今日は仕事が休みなので、決意を胸に、朝から保土稲荷社に行った。

鳥居の前の道路は、小学生の通学路になっているようだ。見張っていれば、アントニオくんも通るかも。どうか見つかりますように、と拝殿で手を合わせてから鳥居の方に向き直ったところで、「へっ？」と間の抜けた声を上げてしまう。

まさにそのアントニオくんが、鳥居の前を通りすぎるところだったからだ。

お稲荷さん、ありがとう……！

この前は意識する暇もなかったけれど、アントニオくんの高い鼻はまっすぐで精悍《せいかん》で、彫りの深い顔立ちは整っていた。あと何年かしたら、女の子たちからきゃーきゃー騒がれるに違いない。

「アントニオくん」

また逃げられたときに備え、いつでも駆け出せる態勢で声をかける。振り向いたアントニオくんは両目を大きくしたけれど、走りはしなかった。私の方を見ながらぎこちなくも頭を下げ、鳥居をくぐる。目の前まで来ると、もう一度お辞儀をしてくれた。礼儀正しい子らしい。

「日本語はわかる?」

「わかる。ブラジルにいたとき、日本人の友だちがいたから」

自然な発音とは言えないけれど、コミュニケーションは問題なく取れそうだ。

「私が誰かわかるかな?」

「この前、嫌なおじいさんとここに来た人でしょ」

「うん」と答えてしまってから、「あのおじいさんは、そこまで嫌な人じゃないんだよ」と慌ててフォローする。

「あのとき逃げたのは、おじいさんに大きな声を出されたから?」

「そう」

「こわがらせてごめんね。でも、あの人が怒ったことにも理由があるの。アントニオくんたちが折っていた紙は、とても大切なものだから」

それからアントニオくんに確認したところ、あの日からアンちゃんとは会っていなくて、私が書いた手紙はまだ受け取っていないらしい。だから私は口頭で、神社と御朱印についてかいつまんで説明した。伝えたかったことはただ一つ、お金を置かないと持っていってはいけないこと。息をついた私は、「わかってもらえた?」と訊ねると、アントニオくんは頷いた。

身振り手振りを交えて話し、無人授与所を指差す。

「そういうことが、あそこの貼り紙に書いてあるの。アントニオくんは日本語がしゃべれても、ちゃんと読めないんじゃないかな。だからお金を払わなくちゃいけないとわからなくて、御朱印を持っていっちゃったんだよね。イラストもよくわからなかったんだよね」

アンちゃんが持ち出したと考えにくい以上、こう見るのが妥当だった。貼り紙が読めなかったのなら、宮司の怒りも少しは収まるはず。本当は読めるとしても、読めないことにしたっていい。

「ボクは日本語を読めるよ。あの貼り紙に書いてあることもわかる」

でもアントニオくんは、はっきりと言った。内心の動揺を隠すために微笑む。

「それなら、御朱印はどうやって手に入れたのかな?」

「階段に置いてあったの。ゴスインだってわからなくて折り紙にしちゃった。ごめんなさい」

「シュ」が「ス」としか聞こえなくて、御朱印のことを言っているとすぐには理解できなかった。理解できてから、拝殿の階段を見つめる。三日前、あそこに座っていた二人の姿が蘇る。

迷ったけれど、言った方がいい。

「あの日は風が強かった。御朱印が階段に置かれていたら、飛んでいっちゃうんじゃないかな」

アントニオくんは三日前のことを思い出すように拝殿を見つめていたけれど、しまった、というように顔をしかめた。私は膝を屈《かが》め、アントニオくんより目の高さを下にする。

「アントニオくんは貼り紙の意味がわかっても、御朱印が神社にとって大切なものだって知らなかったんじゃない? すなおに謝れば、あのおじいさんも許すと言っていたよ。だから、本当のことを――」

「ゴスインは置いてあった。石が……そうだ、風で飛ばされないように、ゴスインの上に石があったの。それを拾って遊んだだけ。ボクは悪くない。謝らない」

アントニオくんは、聞き取るのが難しいほどの早口で私を遮った。それから私がなにを言っても、答えは変わらなかった。登校中の子の目もあるし、遅刻させては申し訳ないので、連絡先を聞いて別れる。

でも連絡先がわかったところで、なにができるというんだろう?

＊

日記だと饒舌《じょうぜつ》なんだな。

読み終えて抱いた最初の感想は、それだった。話すことが少し苦手なだけで、芽依さんの中にはたくさんの言葉が詰まっている。昨夜これを書くため夜更かししたのと同様、アントニオくんへの手紙も夜遅くまで書いていたというから、書くという行為自体が好きでもあるのだろう。

雫はまだ読み終えていない。綴られた一文字一文字の意味を吟味するかのように、ゆっくりと瞳を動かしている。

日記を座卓に置いた俺は、頭を整理する。書かれていることがすべて正しい、という前提で考えると。

アンちゃんはおとなしくて、貼り紙を無視するようには見えない。

アントニオくんは「御朱印が拝殿の階段に置かれていた」という明らかな嘘をついている。だったら、御朱印を持ち出したのはアントニオくんでほぼ決まりだ。でも証拠がない以上、謝罪を拒否されたら強くは出られない。たかがいたずらとはいえ、なかなか厄介な状況だ。

「……たかがいたずら、と思ってますね」

雫のことを「超絶かわいい巫女さん」と書いてあるところまで俺が読み進めたことに気づき、「消すの忘れてた……」と恥ずかしそうに呟いてからずっと黙っていた芽依さんが、ぽつりと言った。

「そんなことありませんよ」

慌ててごまかす俺に、芽依さんは俯いたまま言う。

「無理しなくていいですよ。私だってそう思ってますから。でも、もう一週間もこのままで、宮司がいつ怒り出すかわかりません。なんとかしていただけたら……」

気持ちはわかるが、いくら雫でも日記だけで謝らせる方法を思いつくはずがない。小山田宮司に気づかれないように現地に行って、いろいろ調べる必要があるだろう。

読み終えたらしく、雫は日記の端を膝の上でとんとんと整えてから言った。

「わかりました。アントニオくんがなにを隠しているのか」

え？

4

芽依さんは、これまでの反動のように身を乗り出す。

「私の日記を読んだだけで、アントニオくんを謝らせる方法がわかったんですか？」

「待ってください。雫さんは『なにを隠しているか』わかったと言ったんです。アントニオくんを謝らせるとは言ってませんよ」

目を遣る俺に、雫は小さく、でもしっかりと頷いてから芽依さんに向き直った。

「御朱印を持ち出したのは、アントニオくんではありません」

「でもアントニオくんは、私に嘘をついたんですよ」

「御朱印が階段に置いてあったという話は嘘でしょう。でもアントニオくんは、神社のことをよく知っています。御朱印が大切であることもわかっているはずです」

「でも芽依さんによると、先月ブラジルから来たばかりなんですよ？」

疑問の声を上げてしまった俺に、雫は答える。

「ブラジルは日系人が多いこともあって、神社がたくさんあるんです」

南米の国に日本の伝統施設が？　半信半疑でスマホを取り出し、「ブラジル　神社」というキーワードで検索すると、「ブラジルにある神社」「ブラジルの鳥居」といったページが大量に表示された。知らなかった……。

「アントニオくんには日本人の友だちもいたようですし、神社のことを知っていたとしても不思議はありません」

「私だって、雫さんと同じように考えました。でもブラジルは広いです。アントニオくんがブラジルのどこに住んでいたかわからないから、根拠としては弱いのでは……」

「アントニオくんは、鳥居をくぐる前に一礼したんですよね」

遠慮がちに言う芽依さんに、雫はそう返した。

日記を読み返す。火曜日の朝、通学中に声をかけられたアントニオくんは、鳥居をくぐる前と、芽依さんの目の前に来てからの二回、礼をしたことが書かれている。

鳥居をくぐる前に一礼するのは、神社のしきたりだ。

「最初の一礼は芽依さんじゃなくて、神さまにしたということですか」

「そうだと思います。だから芽依さんには、ぎこちない礼に見えたのでしょう。二回目は芽依さんへの一礼だから、きれいに見えたんです」

芽依さんが独り言のように言う。

「言われてみれば……二回もお辞儀するから、礼儀正しい子だとばかり思ってたけど……」

「ここまで神社のことをわかっている子が、お金を納めず御朱印を持ち出すとは考えにくいでしょう。アンちゃんに嘘をつかせて、かばってるんです」

「それなら私に『自分が持ち出した』と言うんじゃないですか」

「外国人は信用できない、と小山田宮司が言っていたことを誰かに聞いたのでしょう。ほかの外国人に迷惑をかけないためには、不自然でも『置いてあった』と言い張るしかなかったんです。

あの日、アンちゃんはお金を納めず、無人授与所から御朱印を持ち出しました。それを使って折り紙をしているところに、アントニオくんがやってきて一緒になって遊んでいた。そこに芽依さんと小山田宮司がいらしたんです」

「でもアンちゃんは、貼り紙を無視するような子には見えませんでした。もちろん、そういう印象を受けただけですけど……」

「芽依さんの印象が間違っていたらいいと思います」

雫の不可解な言葉に、芽依さんは太めの眉を八の字にした。俺の眉も似たようになっているだろう。意味を訊ねる前に、雫は言う。

「アンちゃんは、貼り紙を無視したのではありません。読めなかったんです」

「ひらがなを多めに使ったから、小二なら読めますよ」

「非識字者」

雫が口にした言葉に、俺は息を呑んだ。聞き慣れない単語なのか、芽依さんはきょとんとしている。

「アンちゃんは非識字——文字の読み書きができないんです」

「読み書きができないって……なにを根拠に？」

困惑を隠せない芽依さんに、雫は言う。

「芽依さんが『アン』はどんな字を書くのか訊ねたとき、『アントニオのアン』と答えたことです。変わった説明の仕方ですし、言い方がたどたどしかったんですよね」

「そうですけど、それがどうして？」

「読み書きができないアンちゃんは、自分の名前をどう書くか説明できません。それを知ったアントニオくんが、誰かに訊かれたら『アントニオのアン』と答えるように言ったんです。たどたどしかったのは、そう言われてまだ間もないから。おそらく前日、小山田宮司から逃げた後この話になったのでしょう。アントニオくんはそれまでアンちゃんが非識字者であることを知らなかったし、御朱印の存在は知っていても実物を見たこともなかった。だからアンちゃんが持っている紙が、御朱印だとは思わなかったんです。貼り紙を見たら、お金を納めず御朱印を持ち出すはずがありませんからね」

「そう考えられなくもないですけど……」

「アンちゃんが非識字者である根拠は、もう一つあります」

口ごもる芽依さんに、雫は続ける。

「芽依さんがアントニオくんに書いた手紙を渡そうとしたら、アンちゃんは最初、拒否したんですよね。なのにアントニオくん宛てとわかったら、あっさり受け取った。自分は字が読めないから、思わず『いらない』という言葉が出てしまったのではないでしょうか」

「アンちゃんが非識字者なら、どうしてそのことを芽依さんに打ち明けなかったんです？　そうしたら貼り紙を読めなかったんだから、御朱印を持ち出したことも怒られない――」

いや、と心の中で首を横に振る。

「子どもからしたら、なるべく知られたくないことですよね」

みんなができることが自分にはできない。それを恥ずかしく思うことは、子どもだけでなく大人でも自然な心理だ。

「壮馬さんの言うとおりだと思います」

「でも小二で、あの貼り紙を読めないなんて……」

日記に落ちかけた芽依さんの視線が持ち上がる。

「アンちゃんには、文字を読み書きできない障害があるんじゃないですか。そういう人がいると聞いたことがありますよ」

「ディスレクシア、識字障害などと言われるものですね。でも御朱印を持ち出したということは、貼り紙に書かれた文字だけでなく、イラストの意味もわかっていなかったことになります。このことと日記の記述を合わせると、別の可能性を考えないわけにはいかないんです」

緋袴《ひばかま》に置いた雫の拳に、力がこもった。

「芽依さんが日曜日に団地に行ったとき、天気がいいのに子どもの姿がなかったんですよね。前日はあったから、この団地に住む子たちには外で遊ぶ習慣があるのに。静かだったから、どこかに集まっていたわけでもありません。でも、学校の授業参観日だったとしたらどうでしょう」

日曜日、芽依さんは寝坊して、保土稲荷社に着いたのが十一時半少し前。登校する子どもを目にする機会はなかった。翌日は振替休日だったかもしれないが、芽依さんは仕事だった。だから授業参観日に気づかなかったということか？　でもそれだけでは根拠が弱いし、授業参観日ともかぎらないのでは？　そう指摘する前に、雫は言う。

「日曜日の日記には、保土稲荷社で初めてチャイムの音を聞いたと書いてますよね。授業があったから、学校のチャイムが鳴ったんです。前日、同じ時間帯に保土稲荷社にいたのに聞こえなかったのは、土曜日で学校がお休みでチャイムが鳴らなかったから。

団地で見かけたおしゃれな女性は、授業参観に向かう保護者だったのではないでしょうか。早足だったのは、授業が始まったので急いでいたからと考えられます」

なるほど、と納得しかけたところで、新たな疑問が浮かんだ。

「授業参観があったなら、どうしてアンちゃんがいたんです？」

「アンちゃんは、学校に行かなかったんです。出歩いていたから、風邪をひいていたわけではなさそうです。お母さんが家にいるよう言っていたようですから、学校に行かせるつもりがなかったこともわかります。お母さんは、授業参観のことすら知らなかったのかもしれません」

つまり、アンちゃんは。

「普段から学校に通っていない、ということですか？」

俺の言葉に、雫は大きく息を吐き出して頷いた。

「識字障害があって、ほかの子どもたちとは違う学校に通っているかもしれないとは思いました。でも貼り紙に描かれたイラストの意味がわからなかったことから、百円玉をちゃんと見たことがない可能性があります。だとしたら、学校に通うどころか、まともな教育も受けていないことになる。走ったらすぐに息切れして、顔が青白かったそうですから、身体が弱くて、もともと学校を休みがちではあったのかもしれません。でもお母さんが生活をしていくだけで精一杯で、アンちゃんに構う余裕がなくて……」

雫の表情はいつもよりも硬く冷たく、拳は握りしめられたままだった。

「あのお母さんが？　とてもそんな風に見えなかったし……読み書きができないまま子どもを放っておくなんて……」

芽依さんは声を震わせるが、俺の脳裏には教師を目指していたときの知識が蘇っていた。

「家の中のことがどうなっているか、外から見ただけではわかりませんよ。それに、日本人の識字率は一〇〇パーセントだと思われていましたが、教育格差が広がったせいで、基本的な読み書きができない子どもが増えているとも言われています——アントニオくんは、アンちゃんの家庭の事情までは知らないんでしょうね。アンちゃんはそこまで打ち明けてないだろうし、知っていたらさすがに大人に話すと思います」

後半は雫に向けた言葉だった。

「わたしもそう思います。お母さんは、アンちゃんに構う時間が少ないことを後ろめたく思っている。だから芽依さんを警戒して、家を知られないように、お菓子を買いにいくふりをして真っ直ぐ家に帰らなかったんです」

いたずらの相談だと思っていたら、こんな推理が導かれるなんて。

芽依さんが深々と俯いた。前髪に覆われ、顔が見えなくなる。

「時代に合わせるなんて偉そうなことを言ってないで、もっと目の前のことを……アンちゃんたちのことをよく見るべきだったんですね。そうしたら、雫さんの力を借りなくても……」

「雫さんの推理力は人間離れしてるから、比較しても意味がないですよ」

冗談めかしても、芽依さんは重たそうに頭《かぶり》を振る。

「小山田宮司の言うとおり、時代なんて抽象的なものより大事なものがあったんです。外国人を侮辱する人の言うことなんて、聞く価値はないと思ってました。でもそれって、宮司と同じことをしてますよね」

かける言葉を見つけられないでいると、雫はいつの間にか左手にスマホを握って言った。

「落ち込んでいる場合ではありませんよ。いま調べたら、保土稲荷社の近くにある小学校では、やはりあの日に授業参観が行われています。わたしの推理が当たっている可能性が高くなりました。一刻も早く、アンちゃんの様子を見にいかないと」

「――そうですね」

芽依さんの声に、少しだけ力がこもる。

「高校の先輩が児童相談所で働いてるから、すぐ連絡してみます」

「わたしにできることがあれば、なんでも言ってください」

「ありがとう。でも、もう充分ですよ」

「ですが——」

「久遠さんは、しっかりしてるけどまだ高校生なんですよね。あとは大人に任せて」

そう言って、芽依さんは顔を上げた。涙声のままではある。顔からは血の気が引いてもいる。それでも太めの眉をつり上げ、しっかりと雫を見据えて繰り返す。

「大人に任せて」

芽依さんは御神体を盗んでない——と断言はできないにしても、可能性はかなり低いのではないか。こんな姿を目の当たりにしては、そう思わずにはいられなかった。

「……わかりました」

奥歯をきつく噛みしめ、雫は頭を下げた。


その場で芽依さんは、児童相談所で働く先輩に連絡した。今夜九時、横浜駅近くのカフェで会うことになったそうだ。「待ち合わせまでまだ一時間くらいあるけど、一人で少し頭を整理してから行くことにします」と言う芽依さんを境内の外まで見送る。

芽依さんの後ろ姿が汐汲坂を下って見えなくなると、雫は言った。

「わたしの推理は、日記が正しいという前提に基づいています。芽依さんの思い込みや誤解があって、推理が成立しなくなることを願っています」

雫の両手は、破れそうなほどきつく緋袴を握りしめていた。俺は、できるだけやわらかい口調を心がける。

「推理が成立したとしても、雫さんのおかげで子どもが一人救われるんですよ」

「わたしには、謎解きくらいしかできませんから」

一礼して鳥居をくぐり、雫は階段をのぼっていく。俺は後に続きながら言う。

「雫さんの謎解きで救われた人が、これまでもたくさんいるじゃないですか」

三月に雫と一緒に働き始めてから出会った人たちの顔が、次々と脳裏に浮かび上がる。雫は足をとめ、俺を振り返った。身長差があるので、雫の方が上の段にいても目の高さは同じだ。夜の蒼《あお》が混じった黒い瞳は、ほんのわずかではあるが揺らめいている。あまりにわずかすぎて、こんな風に真っ正面から見なければ気づかなかっただろう。

俺が口を開く前に、雫は背を向け、駆け足で階段をのぼっていった。慌てて後を追う。

手水舎の傍まで来た雫はリンドウに目を向けたが、まるで見てはいけないものを見てしまったかのように顔ごと視線を逸らした。

「雫さん？　どうしたんですか？」

「なんでもありません」

雫が答えるのと、「坂下さんは帰ったみたいだね」という兄貴の声が社務所の方から飛んできたのは、ほとんど同時だった。

「彼女のトラブルは無事に解決したのかな。それなら、御神体の話も聞けたよね」

「あ」

芽依さんが御神体を盗んだと思えないのは事実だ。でも稽古期間中のことや美鈴さんのことなど、いろいろ訊かなくてはならないことがあったのに……！

「いまの『あ』はなにかな、壮馬？」

「雫さん、すぐに芽依さんを追いかけましょう！」

兄貴に応じる余裕のない俺に、雫は首を横に振った。

「芽依さんは頭を整理すると言ってましたから、明日にしましょう」

「なにを呑気な。雫さんが謎解きをしたいまなら、突っ込んだ質問をして奇妙に思っても答えてくれるはずです」

「足許を見るようなことはしたくありません」

「そんなこと言ってる場合ですか！」

追いかけようとして、帰り際、芽依さんと電話番号を交換したことを思い出した。急いでスマホを取り出しながら考える。

雫の態度はあまりに淡泊だ。最初から芽依さんを疑っていなかったとしか思えない。

どうして、本命の容疑者――美鈴さんを清宮くんに任せたんだ？

5

次の日の夕方。芽依さんから社務所に電話がかかってきて、相変わらずたどたどしくはあるが、アンちゃんのことを話してくれた。

児童相談所はすぐに動き、アンちゃんの家に話を聞きに行った。個人情報なので詳しいことは芽依さんも知らされていないそうだが、雫の推理は概《おおむ》ね正しかったようだ。身体が弱いアンちゃんを女手一つで育てていたお母さんは、生活に疲れ果てていた上に、教材費や給食費など必要なお金を払えないから学校に通わせることも躊躇して、どうしていいかわからなくなっていた。行政の支援を受けられると知って泣いて感謝したらしいし、アンちゃんも基本的な読み書きから教えてもらえることになったという。

前途多難だとは思う。でもアントニオくんが「アンと一緒に学校に行く」と言ってくれたそうだし、ひとまずは安心だ。

「アンちゃんのことはよかったです。御朱印はどうなりそうですか？　結局アントニオくんはなにもしてなかったけど、小山田宮司はなんて言ってます？」

〈なんとかなりそうです。宮司に勢いで言っちゃったから〉

「言っちゃった？　なにを？」

〈ええと……あ、佳奈には、久遠さんに無事解決してもらったことを伝えておきますね〉

芽依さんは逃げるように電話を切った。よくわからなかったが、奉務を終えた後の、草壁家の居間。雫たちに芽依さんの話を伝えようとすると、先に兄貴が訊ねてきた。

「壮馬と雫ちゃん、芽依さんになにかした？　福印神社の禰宜に教えてもらったんだけど、芽依さんが小山田宮司にこう迫ったらしいよ」

——宮司のおっしゃるとおり、私は時代なんて抽象的なものばかり見て大事なことを見落としてました。でも宮司だって、外国人は信用できないと決めつけて大事なことを見落としてるんじゃありませんか！

「芽依さんがあんなに大きな声を出したのは初めてで、びっくりした小山田宮司は氏子さんたちときちんと話し合う約束をさせられたんだって。芽依さんになにがあったのか、禰宜は不思議がってたよ」

そのときの芽依さんの顔が、目にしたようにくっきり思い浮かんだ。太めの眉とバランスの取れた、意志の強さに充ち満ちた顔をしていたに違いない――さっきの電話からすると、すぐもとに戻ったのだろうけれど。

「わたしはなにもしていません」

いつもより表情を覆う氷が厚くなったように見える雫に、心の中で語りかける。

――雫さんの謎解きは、こういう形でも誰かを救っているんですよ。

兄貴と琴子さんに全部話したかったけれど、雫に合わせて「俺にも心当たりがありません」と、とぼけておく。それから、芽依さんの電話を報告した。琴子さんは安堵の息をついたものの、すぐに険しい声で言った。

「御神体に関しては、手がかりがないままだよね」

そのとおりだった。

昨夜、芽依さんは「どうしてそんなことを訊くんですか?」と言いたそうな顔をしつつも、七夕祭りと巫女舞の稽古期間について、俺が問いかけるままに答えてくれた。

源神社で舞の稽古をしている間、芽依さんは美鈴さんとほとんど一緒だったという。芽依さんは本殿に行っていないし、美鈴さんが行った様子もない。

七夕祭り当日の芽依さんは、朝から雫と一緒だった。美鈴さんは源神社に来たものの、ふくらはぎを攣ったせいで歩くのもやっと。前夜は脂汗をかいてすぐには立ち上がれなかったし、演技だったとは考えにくい。

話を聞くかぎり、稽古期間中、芽依さんにも美鈴さんにも御神体を盗むチャンスはなかったようだ。七夕祭り当日なら、美鈴さんは無人の事務室に忍び込み、神棚の鍵を盗んで警報のスイッチを切れたかもしれない。でも歩くのもやっとの状態で、本殿の重たい御扉をこっそり開閉できるとは思えない。

ただ、美鈴さんには不可解な点もある。

七月から福印神社でバイトを始めたばかりで巫女舞の経験がないのに、「どうしても七夕祭りで舞いたい」と志願して源神社に来たというのだ。本番前夜にふくらはぎを攣った後は、「ご迷惑をおかけしたから」と言ってバイトをやめてしまった。まじめな働きぶりが評価されていたので、芽依さんはもちろん、小山田宮司すらも残念がっている――。

なお、芽依さんに質問したのは俺だけで、雫はずっと黙っていた。そのことを思い出しながら言う。

「やっぱり芽依さんより、美鈴さんの方が怪しいです。清宮くんに任せてないで、雫さんが直接話を聞いた方がいいんじゃないですか」

語尾にたどり着く前に、雫が座卓に置いたスマホにＬＩＮＥが届いた。手に取り、雫は言う。

「彼からです」

「――彼というのは、清宮くんですか」

胸の痛みの割に、普通に言えたと思う。俺の気も知らず、雫は軽く頷く。

「これから美鈴さんを連れてきたいそうです」

清宮くんたちとは、社務所の応接間で会うことになった。御神体の捜査を雫に任せている兄貴も、さすがに「容疑者」と対面したいらしい。清宮くんたちを迎えにいった雫を、琴子さんも一緒に三人で待つこと五分。雫に案内され入ってきた少女を見た俺は、声を上げそうになった。

ウエーブがかかった、少し栗色の長い髪。くりりとした猫目。必勝祈願の日、汐汲坂高校で声をかけてきた少女だった。紅葉色《もみじいろ》のガウチョを穿《は》いて、あのときよりさらに脚が長く見えるけれど間違いない。

この子が藤森美鈴……。

「またお会いしましたね、壮馬さん」

「うん」と返すのが精一杯だった。

「連れてきてくれてありがとうございます、聖哉」

雫が清宮くんに言った。表情も口調も、俺たちに接するときと完全に同じになっている。

加えて、下の名前を呼び捨てだ。

「さん」とか「くん」とかつけずに人の名前を呼ぶ雫は新鮮だった。クールな口調と相性がよくて、これはこれでかわいい。

でも清宮くんをそう呼ぶなんて……俺はずっと「壮馬さん」なのに……。

「雫に礼を言われるようなことはしてないよ」

清宮くんの言葉を聞いた美鈴さんは、猫目をわざとらしく大きくした。

「へえ。お互い呼び捨てにしてるんだ」

「なにか言いたいことがあるのか」

「別に。聖哉と雫さんが、すっかり仲よしになったんだと思っただけ。よかったね」

相変わらず美鈴さんの声音は、この年ごろにしては低めで落ち着いていた。超人気アイドルを前にしている気負いはどこにもないし、自分だって清宮くんを「聖哉」と呼んでいる。戸惑う俺を見て、清宮くんが息をついた。

「美鈴は元カノなんですよ。ちょっと前に振られました」

これまでつき合ったのは雫以外に一人だけだと言っていたが、それが美鈴さんだったのか。そのことにも驚いたが、清宮くんの方が振られたことはそれ以上だった。

「清宮くんが振ったという噂を聞いたけど？」

「デマだけど、美鈴が俺を振ったと知ったら騒ぐ女子がいるだろうから、好きに言わせてます」

「聖哉の優しさに甘えてます。一緒にいることに慣れすぎて恋愛対象じゃなくなっちゃったのに、申し訳ないとは思いますけどね」

「俺はそんな理由で振られたとは思ってない」

「アイドルは夢を見せるのが仕事だけど、アイドル自身は夢より現実を見た方がいいんじゃない？」

すかさず言葉を挟んだ清宮くんに、美鈴さんは微笑む。先日同様、唇の両端を持ち上げてみただけの、あたたかみのない微笑みに見えた。

まるで、アンドロイド。

夏越大祓式の日、雫相手に巫女装束ではしゃいでいた少女と同一人物とは思えない。俺がこの子に近づいたのはあの一度きりだし、高校で会ったときは制服姿だったから気づかなかったのも無理はない。

剣先を思わせる清宮くんの双眸が、より鋭くなる。

「それより本題だ」

「そうだね。栄達さんたちにはちゃんと言わないとね」

なぜ兄貴のことを「宮司」と呼ばないのだろう？　バイトとはいえ、源神社に奉務していたのに？

答えを出せないでいるうちに正座した美鈴さんは、兄貴に頭を下げた。

「御神体を盗んだのは私です」

第三帖
神前結婚式をなさるなら

1

「聖哉が私に『源神社で巫女をしたとき、なにかしたんじゃないか』とさぐりを入れてきたから、栄達さんたちが御神体がなくなったことに気づいたんだとわかりました。私が盗みました。『御神体はいただいた。がんばってさがすといい』。新聞や雑誌を切り抜いた文字でそう書いた紙が置かれてたでしょ」

　関係者以外には秘密の、御神体が盗まれたことを知っている。しかも、犯行声明と一言一句同じフレーズが告げられた。だから犯人は美鈴さん……のはずなのに、アンドロイドのような微笑みを浮かべたまま、事務的な口調で話しているせいかどうにも信じられない。

　いや、本当に盗んでないんじゃないか？　閃《ひらめ》いた勢いそのままに、俺は問う。

「美鈴さんが盗んだという証拠はあるの？」

「脅迫状のフレーズを一言一句知っていることが証拠でしょう」

「それは君が脅迫状をつくった証拠にはなっても、御神体を盗んだ証拠にはならない。盗んだ犯人は別にいるかもしれない」

　我ながら冴えてると思ったが、雫は「壮馬さん」と言いながら俺のシャツの袖を引っ張った。意図を訊ねる前に、美鈴さんが大袈裟にのけ反《ぞ》る。

「盗んだ証拠が見たいんですか？　なら、御神体の写真を撮って送りましょうか？　誰も見たことがないはずだから、御神体であることを証明するために学者さんとかにも鑑定してもらう必要が出てくるかもしれませんけどね。私はいいけど、何人《なんぴと》たりとも見てはいけない御神体にそんなことをされたら、そちらが困るんじゃないですか？」

あ——。反論が思い浮かばないでいると、雫が言った。

「夏越大祓式の日の朝、御神体が無事だったことは宮司さまが確認しています。その後で本殿に立ち入ったと考えられる部外者は、いまのところ美鈴さんだけです。ひとまず美鈴さんが犯人、そうでなかったとしても、なんらかの形で盗難にかかわっていると見なすことにしましょう」

冷え切った声音からは「御神体に万が一のことがあったら困るから、余計なことを言って刺激しないでください」というニュアンスが伝わってきた。渋々ではあるが、頷くしかない。

美鈴さんは、アンドロイドの微笑みを浮かべたまま続ける。

「納得いただけたようですね。警察には届けませんよね。御神体は見てはいけない決まりだから、盗まれたものの形を具体的に説明できないでしょう。これでは届けようがないし、そもそも届けたら、源神社の『宮司は身命を賭して御神体を守るべし』という掟を破ったことを知られてしまうし。そういう掟があるんですよね、確か」

「痛いところをついてくるなあ、美鈴ちゃんは」

兄貴は朗らかに笑いつつ、「でもこれを観ても、そんなことが言えるかな」と言いながらスマホを座卓の真ん中に置いた。ディスプレイには、紫色の座布団に置かれた木箱が映っている。本殿の神棚に祀られた、あの木箱だった。

「僕の三代前の宮司が執り行った、本殿を建て替える儀式、遷宮《せんぐう》の様子を映したものだ。御神体を仮殿《かりどの》——本殿の建て替えが終わるまで、御神体を安置する社殿——にお移しするところだよ。何十年も前に撮影した映像を取り込んだものだから画質は粗いけど、観られないことはない」

兄貴がタップするとカメラが引き、台座に敷いた座布団に木箱が置かれていることがわかった。その手前には、黒い冠を被り、青い袍《ほう》と紫色の袴を纏った男性神職が正座している。この装束は、神社にとって重要な神事の際に神職が身につける正装、衣冠《いかん》だ。

うねるような雅楽の音色を背景に、神職は両手を伸ばして木箱を持ち上げ、カメラの方を振り返った。顔に刻まれたしわの深さから、かなりの高齢であることが見て取れる。これが三代前の宮司、草壁弦雄か。随分とやせてもいるが、その割に両手で木箱を、空箱を持つように軽々と掲げていた。

三代前は本殿、次いで拝殿を出ると、画面右方向に進んでいった。外で待機していたのだろう、三代前の後ろに、同じく衣冠を纏った神職が二人、さらにその後ろに二人、計四人が続く。ただでさえ画質が悪い上に、手前の神職に遮られよく見えないが、最後尾の奥側にいるのは女性のようだ。雫が「当時、源神社唯一の女性神職」と言っていた、後継者争いに敗れた女性——三代前の娘に違いない。

重々しい足取りで境内を進んでいく五人の神職。その周囲に集まった人々は、その姿を固唾《かたず》を飲んで見つめている。「おばちゃーん」と呼びかけ手を振る子どもを、父親らしい人が慌てて制する。三代前たちはそれが聞こえなかったかのように進み続け、小さな建物へと入っていく。いまの源神社にはない建物だから、これが仮殿なのだろう。

動画は、そこで終わった。

「僕ら源神社の宮司は、御神体に関する数々の掟を何世代にもわたって継承してきた。遷宮のときは、ご覧のとおりたくさんの氏子さんたちが見守ってもいる。御神体が本殿から持ち出されたのは、この数十年でこのとき一度だけ。ここまで大切にされているものを盗んで、なんとも思わないのかな？」

美鈴さんは瞬《まばた》きすらせずに動画を見つめていたが、再生が終わってしばらくすると唇を笑みの形に戻した。

「むしろ誇りに思います」

「誇りか。そんなユニークな言い方をされると困ってしまうね」

言葉とは裏腹に、兄貴の口調に焦燥感はない。

「御神体は、いついかなるときであろうと丁重に扱わなくてはならない。バイトとはいえ、巫女をしていたんだ。傷つけたりしてないだろうね？」

「ご心配なく。御神体は、それにふさわしい扱いをしていますから。もう一つ言うと見てもいません。安心してください」

見てもいない？　引っかかって問う。

「視界に入れないようにして盗んだということ？」

俺の質問を、美鈴さんは「そういう考え方もできますね」と受け流した。兄貴は「安心したよ」と言うだけだ。何人《なんぴと》たりとも見てはいけないもののはずなのに、やっぱり焦燥感がない。

兄貴の傍らで、琴子さんは美鈴さんの顔を隅々まで眺め回した末に言った。

「前々から思ってたんだけど、美鈴さんのことをどこかで見たことある気がするんだよね」

「参拝者として来たということですか？」

訊ねた俺に、琴子さんは美鈴さんから目を離さないまま答える。

「わからないけど、そういうわけでもないような。私と神社以外で会ったことないかな、美鈴さん？　その猫ちゃんみたいな目に見覚えがあるんだけど？」

「美鈴の目は、そんなに猫っぽくは――」

「どうでしょうか？」

早口で言いかけた清宮くんを遮り、美鈴さんは小首を傾げた。一見かわいらしいが、プログラムに従っただけのような、どこか機械じみた動きだ。琴子さんは「否定しないってことは、会ったことがあるのか」と言いながら、記憶の糸をたぐるように眉間にしわを寄せる。でも思い出せないらしく、そのまま黙った。

入れ替わるように、雫が口を開く。

「聖哉から『元カノが自分と別れた後、急に巫女のバイトを始めた。それまで神社の話なんてしたことがなかったのに』と聞いていたから、御神体を盗んだのは美鈴さんかもしれないと思いました。まずはつき合いのある聖哉にさぐってもらった方がいいと判断して、その間に芽依さんから、七夕祭りのときの美鈴さんの様子を訊くことにしたんです。おかげで巫女舞の稽古期間を含め、美鈴さんが本殿に近づいていないことがわかりました。御神体を盗むチャンスがあったのは、夏越大祓式の日に絞られたということ。でも、方法はまだわかりません」

「雫さんは参拝者の相談事を随分と解決してきたそうだけど、絶対にわからないよ。御神体を盗んだ方法だけじゃない、いまどこにあるのかもね」

「いいから謝って、さっさと返すんだ」

強い口調で言う清宮くんを、美鈴さんは口許に微笑みを湛えたまま見遣る。

「別れた相手にとやかく言われる筋合いはない」

「人様の物を盗んだんだ。別れたかどうかは関係ない」

「正論ね。でも正論がいつも正しいとはかぎらない。昔から言ってるでしょ」

「俺の方は、美鈴はもう少しすなおになれと昔から言ってるよな」

「二人は幼なじみなの？」

俺の質問に、清宮くんは頷いた。双眸が、なつかしそうに細められる。

「前に話した、俺に剣道を教えてくれた人が美鈴のおばあちゃんなんです。この人に『清宮くんみたいな人はアイドルになった方がいい』と言われたから、芸能事務所に入りました。後になって『冗談だったのに』と言われてびっくりしたけど、その言葉自体が冗談でした。よくそんなことを言って笑わせてくれる、楽しい人でしたよ。美鈴もおばあちゃんが大好きで、しょっちゅう道場に顔を出してました」

「じゃあ、美鈴さんも剣道を？」

「美鈴は運動神経が鈍いから、おばあちゃんに甘えに来てただけです。親が喫茶店をやってて忙しくて――」

「そんなことより」

おばあちゃんに甘えている姿を想像できないでいるうちに、美鈴さんが言った。

「そんなことってことはないだろう」

「盗んだ方法だけじゃない、私の動機だって、雫さんには絶対わからない」

美鈴さんが清宮くんを頑なに無視して言うと、雫は頷いた。

「現状ではそのとおりです。犯行声明を置いた理由もわかりません」

「それは動機に含まれるの。そして動機がわかれば盗んだ方法もわかって、私も御神体がどこにあるか話すしかなくなる」

「どうして動機だけでそうなるの？」

俺が謎めいた言葉の意味を訊ねても、美鈴さんは「まだ言えません」と言って首を横に振る。

「このままだと張り合いがないからヒントを出してあげます。私の動機に関する重大なヒントを。これから言う条件をクリアすれば、ですけどね」

ゲーム感覚で俺たちをからかっているのか？　だとしたら、無理難題を押しつけてくるに決まってる。兄貴は穏やかな、雫は冷え冷えとした表情のままだが、俺と琴子さんは顔を強張らせてしまう。清宮くんは自分を抑えるように目を眇めた。

俺たち全員の顔を見回してから雫に視線を固定し、美鈴さんは告げる。

「私には八つ年上の兄がいて、カノジョとこの神社に正式参拝しようとしているの。それをやめさせて」

聞き違いかと思った。でも雫がそっと「正式参拝はわかりますか」と訊いてきたので、そうではないと知る。

「半年も神社で働いていれば、さすがにわかりますよ」

拝殿の前で拍手《かしわで》を打つ参拝は、正式には「一般参拝」という（略式参拝、社頭参拝などということもある）。多くの人が経験したことがあるであろう、いわゆる普通の参拝だ。

一方、初穂料を納めて拝殿に上がり、神職のお祓いを受けた上で神さまに玉串《たまぐし》を捧げる参拝を「正式参拝」という。格式ばっているようだが、実際にはそれほどでもない。源神社の場合、団体の場合は事前申し込みが必要だが、個人や少人数ならアポなしで来られても、神職の手が空いていれば対応している。

それをやめさせることが条件と言われても。

「私の兄、光貴《みつたか》が千歳《ちとせ》さんとつき合いはじめたのは四ヵ月前。千歳さんから告白してきたんだけど、兄も真剣につき合ってる。

千歳さんが『告白できたのは、教会の神父さんに相談して勇気をもらったおかげ』と言うから、前々から兄は挨拶に行きたがってた。でもいざ日取りを決めようとしたら、千歳さんが『源神社の縁結びのお守りも効果があったと思うから正式参拝したい』なんて言い出したの。そんな話、全然したことがなかったのに。この数日、千歳さんの体調が悪くて延び延びになってるけど、いつ参拝するかわからない。早めに手を打って、やめさせて。ただし兄は、私が御神体を盗んだことを知りません。それについては内緒にしてね」

どうしてそんなことでヒントをくれるんだ？　警戒心を隠せないまま俺はさぐりを入れる。

「それで美鈴さんになんの得があるの？」

「ノーコメント」

「御神体がない神社に参拝することが嫌なの？」

「ノーコメント」

　俺がなおも食い下がる前に、兄貴はほっそりした顎に手を当てつつ言った。

「妙な条件だけど御神体を取り戻すためには受けるしかなさそうだね、雫ちゃん」

「かしこまりました、宮司さま」

　雫が一礼する。誰も気づいていないようだが、唇がほんの少し「へ」の字に曲がっていた。

「千歳さんが急に正式参拝を希望したことにはなにか事情があるかもしれませんから、理由をさぐってみます。それ次第で、お断りした方が千歳さんのためになるようでしたらそうしましょう」

　美鈴さんが、わざとらしい拍手をする。

「助かるよ、私も千歳さんがなにを考えているか知りたいから。でも次第もなにも、断らなかったらヒントはないんだよ？」

「正式参拝は、参拝者さまが神さまに、ご挨拶するだけでなく自分の気持ちを伝えるためのものでもあります。本来であれば、神社側に断る道理はありません」

「道理なんて気にしてる場合じゃないと思うけどね」

　雫と美鈴さんが真っ正面から向かい合う。冷え冷えとした無表情と、人工的な笑顔。どちらもなにも言っていないのに、衝突音が聞こえるかのようだった。

　清宮くんが、美鈴さんを見据えたまま黒髪をかき上げる。

「俺も力を貸すよ、雫。できることがあったらなんでも言ってくれ」

「……ありがとうございます」

口調こそ変わらないものの、雫の頬はほのかに赤く染まっていった。

そっと目を逸らす。

2

次の日の昼前。俺は商売繁盛の祈願を申し込んできた男性を拝殿に案内した。平日なので雫は学校だ。

ほどなく、烏帽子《えぼし》を被り、狩衣《かりぎぬ》を羽織《はお》った兄貴がやってきた。あとは任せておけばいい。兄貴と入れ替わりに拝殿から下りた俺は社務所に戻ろうとしたが、途中で自然と足がとまる。

昨日から、清宮くん相手に頬を赤く染めた雫が頭から離れない。でもそれ以上に鮮明に浮かぶのは、唇をほんの少し「へ」の字に曲げた雫だった。

雫が正式参拝を断りたくないのは明らかだ。でも御神体のためには、そうするしかない。光貴さんたちとは明日会うことになっている。それまでに美鈴さんが御神体を盗んだ方法がわかれば、言いなりにならずに済む。俺にわかるとは思えないけど、だめ元でも少し考えるくらい……。

祝詞を読み上げる兄貴の声は、普段と別人のように厳かだ。聴くともなしに聴きながら本殿を見つめているうちに、傍らに立てられた石碑に足が引き寄せられた。俺の腰ほどの高さの、小さな石碑だ。昭和初期に設置されたこれには、こんな文言《もんごん》が彫られている。

此《こ》の地に今剣を鎮めん

変化《へんげ》自在にして、放光永劫《えいごう》なり

何百年も前から源神社に伝わっているという、御神体――今剣の伝承である。実在したかどうかすら怪しい代物《しろもの》なのに、変化自在だの放光永劫だの、ちょっと大袈裟だとは思う。

「こんにちは、壮馬くん」

しわがれた声に振り返ると、佐藤勘太《さとうかんた》さんが立っていた。今日もいつものように、にこにこしている。

「ようこそお参りです、勘太さん」

「御神体の今剣は源神社の誇り。興味を持ってくれたようですね。総代としてうれしいですよ」

開業が明治時代という元町の洋装店に生まれ、小さいころから源神社に出入りしている勘太さんは、現在、氏子さんたちの代表である「氏子総代」を務めている。源神社には、ほかの神社にはない独自の神事――特殊神事が多いので、なにかとお世話になっている人だ。

俺が信心ゼロなのに神社で働いていることも、もちろん知っている。

勘太さんは、白い眉をわずかに寄せる。

「でも、急にどうしたのです？　壮馬くんは御神体の話なんてしたことがありませんよね？」

「御神体がどうやって盗まれたか考えてました」と言うわけにはいかないので、「みなさんが大切に思う気持ちがやっとわかったんです」と空々《そらぞら》しい台詞を口にして、そのまま話を逸らす。

「実在したかどうかも怪しい今剣が御神体というのは、いまも信じられませんけどね」

「個人的な見解ですが、本当に今剣かどうかは関係ないんですよ。義経公の守り刀でなくても……いや、そもそも刀でなくてもいい。槍だろうと弓矢だろうと、どんな形をしていようと構わない。極端なことを言えば武器ではなく、石ころでもいい。ただ、『義経公の依代』とされるものが、何世代にもわたってこの地に祀られ、歴代の宮司によって守られ、人々とともにある。それはとてもすごいことだと思うんです」

勘太さんは七十歳をとっくにすぎているとは思えないほど肌艶がよく、背筋も真っ直ぐだ。御神体について語るいまの姿は、いつも以上にそう見えた。

「どうしました、壮馬くん？　なぜ、そんな真剣な顔をしているのです？」

「なんでもありません。そろそろ仕事に戻りますね」

慌てて笑顔をつくった俺は、一礼して社務所に向かった。玉砂利《たまじゃり》を踏む足に力がこもる。

雫のためだけじゃない。兄貴や琴子さん、勘太さんたち氏子さんのためにも、なんとしても御神体を取り戻さなくては。考えるんだ。美鈴さんが御神体を盗んだ方法……盗んだという証拠はないけど、現状、犯行が可能なのは彼女しかいないし……動機がわかれば盗んだ方法もわかると言っていたけど……そういえば美鈴さんは、遷宮の動画をやけに真剣に見つめていたな。

あれに、動機につながるヒントがあるんじゃないか？

昼休み。俺は社務所の応接間で、遷宮の様子を撮影した動画をテレビで観ていた。兄貴に頼んで、スマホに取り込む前の映像が入った Blu-ray を貸してもらったのだ。大きな画面で観れば、美鈴さんがなにに注目したかわかるかもしれないと思った。

でも、何度観てもさっぱりだった。

強いて言えば、三代前が持ち上げる前、木箱は座布団に三分の一ほど沈んでいた、即《すなわ》ち、この座布団はふかふかで、俺が普段使っているものよりはるかに高級と思われること。仮殿に足を踏み入れる三代前が少しよろけていて、このころから既に体調が優れなかったと思われること。この二つくらいだ。

美鈴さんが見入るようなポイントはない気がする。単に遷宮が珍しかっただけで、動機とは無関係かもと思いつつ、もう何度目になるかわからないが、また最初から再生してみる。

座布団に置かれた御神体の向こう側には、御扉が閉じられた神棚があった。いま本殿にあるものよりぼろぼろだ。ところどころ黒く変色しているし、歪んで、御扉もきちんと閉まらないようだ。上の方に、俺の指でも通りそうな隙間ができている。遷宮のとき、この神棚もつくり替えたのだろう。いまの神棚がこうなら、まだ盗むのが楽だったかもしれないのに……待てよ。

いまの神棚の御扉にも、上下にわずかな隙間があった。あれを使えば――。

今日も参拝者が多かったので、夕拝が終わって落ち着いた後で、兄貴立ち会いのもと本殿でいろいろ確認した。それから草壁家に戻ると、玄関で雫とばったり会った。

「ただいま戻りました、壮馬さん。本日は申し訳ありません」

今日は文化祭の出し物についてクラスで話し合いがあるので、神社の仕事はできません。今朝、雫はそう言っていた。

「構いません。それよりわかりましたよ、美鈴さんが御神体を盗んだ方法が！」

絶対に驚くと思ったが、雫は表情を変えなかった。それでも「詳しく聞かせてください」と言って脱いだ靴をそろえ、居間に入っていく。後に続きながら「着替えないんですか」と訊ねる。

「壮馬さんの推理が気になりますから」

とてもそうは見えないが、雫は正座した――セーラー服を着たまま。この姿は、まだ全然見慣れない。というより、見慣れる日が来る気がしない。この影響か、最近は巫女装束のときも、より一層……って、いまは御神体だ。高いところから飛び込むつもりで、雫の真正面にどかりと座って口を開く。

「神棚の御扉は錠で閉められてますけど、上下に一、二ミリくらいの隙間がありますよね。美鈴さんは上の隙間から細くて丈夫な糸――ピアノ線を通したんです。それくらいの太さなら通せることは、さっき確認しました。警報も鳴りませんでしたよ」

「通せたところでどうするのですか？」

「ピアノ線の先端に、粘着性の高いテープを貼っておいたんです。これを木箱の蓋にくっつければ、持ち上げて開けることができます」

「持ち上げたところでどうするのですか？」

雫の顔つきにも口調にも変化はない。怯《ひる》みかけたが続ける。

「美鈴さんはテープを貼ったピアノ線を、もう一本用意していました。これも差し込んで御神体にくっつけて、神棚の外に出したんです」

「どれだけ粘着力があるテープか知りませんが、あんなわずかな隙間から御神体を出すことはできないでしょう」

「出せる形をしていたんですよ」

ここが俺の推理の肝だ。

「御神体は今剣とされてますが、刀じゃなくて紙なんです」

今剣は「どんな形をしていようと構わない」。勘太さんのその言葉がヒントになった。

今剣が実在したとは思えない。だとしたら、そもそも刀とはかぎらないのではないか。「今剣・全」の「全」とは、刃を再結集させたことが由来ではなく、今剣に関する「すべて」を記述した書簡という意味。紙なら自由に折り畳める。伝承にある「変化自在」は、このことを示唆している。それが年月を経るうちに、刀であると誤解されるようになった。美鈴さんはなんらかの理由でこのことを知っていた──興奮を抑えてそう語る俺に対して、雫の反応は薄かった。

「それですと、伝承の『放光永劫』の説明がつきませんが」

「……金箔を塗りたくった、光る紙だったのかも」

「蓋を持ち上げられるくらい粘着力のあるテープよりは、存在する可能性が高いですね」

やっぱり反応が薄い。再び怯みかけたが続ける。

「そんな都合のいいテープがあるのかわからないことは認めます。でも今剣が紙だと考えれば、神棚から持ち出した方法は解決じゃないですか。巫女装束の袖にも懐にも隠せるから、拝殿で琴子さんに見つかることもなかったんです」

「今剣が刀ではない、という発想はおもしろいと思います。御神体の姿形がわからないという状況ならではです」

「だったら──」

「でも御神体が収められた木箱は、紐で結ばれてましたよね。壮馬さんが言った方法では、紐をほどくことも、結び直すこともできませんよ」

紫色の紐で十字に結ばれた木箱。それをほどく兄貴。その光景が頭の中にきれいに再生される。

次の瞬間、がくり、と自分の肩が落ちたことがわかった。

わざわざピアノ線を買ってきたのに……！

雫が、しばらく経ってから言う。

「そこまで落ち込まなくてもいいじゃないですか。テープの存在が怪しいから、壮馬さんだって絶対の自信があったわけではないでしょう」

「それは、まあ、そう、なん、で、すけ、ど」

途切れ途切れにしか話せない。白袴を握りしめ、気を落ち着かせてから続ける。

「これで雫さんは、『光貴さんたちの正式参拝を拒否する』という美鈴さんの依頼を受けなきゃいけなくなったでしょう。盗んだ方法がわかれば拒否できたのに……すみません」

「え？」

雫らしくない、素《す》っ頓狂《とんきょう》な声が飛んできた……って、なんで？　顔をまじまじと見つめてしまう。

雫は、俺から目を逸らして立ち上がった。

「お気遣い、ありがとうございます。着替えてきます」

そう言い残し足早に居間から出ていく雫の頬は、ほんのり赤くなっていた。それだけなら俺だって、雫が恥ずかしがっているのかもしれない、と無邪気に喜べる。ツンデレなのかもしれない、と楽しい妄想をすることもできる。

でも雫の大きな双眸は、苦しそうに潤んでいた。

どうして、あんな目を？

3

結局、美鈴さんが御神体を盗んだ動機も方法もわからないまま迎えた、次の日の夕方。雫に案内され、光貴さんと水口《みずぐち》千歳さんが応接間に入ってきた。美鈴さんと清宮くんも一緒だ。本日の奉務はもう終わったが、神社関係者として応対するので俺も雫もまだ着替えていない。

「初めまして。本日は、どうぞよろしくお願いします」

千歳さんのしゃべり方はゆっくりで、傾斜の緩い川の流れのようだった。頭の下げ方もゆっくりだ。かわいらしい、と思ったけれど、両目は離れすぎ、鼻は低すぎで、（失礼だけど）お世辞にも美人とは言えないことに気づく。でも笑顔がふわりとすべてを包み込むようで、やっぱりかわいらしい人だと思う。

千歳さんはぎっくり腰になった人のように、座卓に両手をつき、そろそろと座布団に腰を下ろした。顔色があまりよくないし、まだ体調が回復し切っていないのだろうか。

雫がお茶を出してから互いに自己紹介を済ませると、千歳さんは不思議そうに言った。

「神社では、正式参拝の前にこんな風にお話しするんですか？」

もちろん、そんなことはない。

「美鈴さんが当社で巫女のアルバイトをしていたご縁がありますから、特別にできることがあるならなにかして差し上げたいと思ったんです」

雫が愛くるしい笑顔で、平然と嘘をつく。そういう口実で来てもらったのだ。美鈴さんは俺たちを光貴さんたちに紹介する、清宮くんは光貴さんと仲がいいという理由で同席している。

正面に座った光貴さんを盗み見る。少女漫画から抜け出てきたような大きな目、まっすぐに通った鼻筋、控え目な厚さの唇。

事前に清宮くんから聞かされてはいたが、惚れ惚れするほどかっこいい。

光貴さんは、去年まで「コウキ」という芸名でアイドルとして活動していた。芸能情報に詳しくない俺でも、よく女性と噂になって、バッシング記事がネットにアップされていたので名前は知っている。

そんな人が、源神社《うち》でバイトしていた巫女のお兄さんだなんて。

身構えていたけれど、目の前の光貴さんはそんな記事が信じられないくらい落ち着いた物腰だった。瞳は雲一つない空のように澄み、口許に湛えられた微笑みは静かだ。

物腰と女好きが無関係であることは承知しているが、それにしたって。この人も清宮くん同様、世間に誤解されているのだろうか？　それにしてはバッシング記事が多かった気がするが……。

「お二人のご縁には、当社もお役に立ったとうかがいました」

雫が本題に入ると、千歳さんは光貴さんにそっと目を向けた。

「話してもいい？」

光貴さんが微笑んで頷くと、千歳さんも微笑み返して口を開く。

「そうなんです。光貴さんは、高校のとき同級生だったんです。ずっと憧れていて、思い切って告白したこともあるけど振られて、友だちのままでいいと思ってました。でも芸能界を引退して、会う機会が増えてから気持ちを抑えられなくなっちゃって。もう一度告白する勇気をくれたのが、この神社の縁結びのお守りなんです。いま私が光貴さんの隣にいられるのは、そのおかげ。だから神さまに、ちゃんとお礼を言いたいんです」

「最近まで、神父さんの話しかしてなかったじゃないですか」

美鈴さんの声音は、朗らかなのにあたたかみがまるで感じられなかった。千歳さんが「う……」とうめく。

「じ……神社のことは胸にしまっていたので……」

「結婚式にはウエディングドレスを着たい、とも言ってたのに？　神社のことなんて忘れてたんじゃないですか？」

「そ……そんなことないよ」

「美鈴にウエディングドレスの話なんてしてたのか」

光貴さんの声が大きくなった。千歳さんは声を詰まらせ、胸の前で両手を忙しなく動かした末にうな垂れた。

「ごめんなさい、勝手に」

「謝ることじゃない。俺が『いまは結婚に興味がない』と言ったら君もそうだと言ってたから、少し驚いただけだよ」

頭をそっと撫でるような話し方だった。千歳さんが顔を上げる。次いでお茶ではなく、わざわざ鞄から取り出したペットボトルに口をつける。うっすら白みがかった水を喉に流し込んだ千歳さんは、さっきより早口に話し出した。

「興味がないとは言ったけど、やっぱり少しは考えるよ。教会式だけじゃない、神式の結婚式だって――この神社でも結婚式はやってるんですよね？」

「はい」と応じる雫を見ながら、兄貴が残念そうに言っていたことを思い出す。

――源神社《うち》に思い入れがあって、正式参拝までしてくれるなら、そのまま神前結婚式もしてくれるかもしれない。御神体のことがなかったら絶対に逃したくない参拝者《あいて》だ。

神前結婚式は、神社にとって大きな収益が見込めるイベントだ。歴史は意外と新しく、明治三十三年、当時の皇太子（後の大正天皇）の式がきっかけで広まったと言われているらしい。

境内に参集殿、儀式殿などの大きな建物がある場合は、そこで式を執り行う。もっとも、そんなものがある神社はほんの一握りだ。源神社にはないので、拝殿でできる規模の小さな式のみ受けつけている。「どうしても源神社の神職さまに大きな式をあげてほしい」という場合は、提携しているホテルの会場を使わせてもらうこともある。

あまりよくない千歳さんの顔色が、ほんの少し色づいた。

「いいですよねえ、白無垢《しろむく》。憧れちゃいます」

光貴さんが、苦笑しつつ首を横に振る。

「ウエディングドレスか白無垢かはともかく、結婚はまだ早いかな。新しい仕事が軌道に乗らないとね」

清宮くんによると、光貴さんは芸能界を引退してからボイストレーナーを始めた。いまはアルバイトの身だが、ゆくゆくは自分のスタジオを持ったり、音楽学校で講師をしたりしたいと思っているそうだ。

「……だよね」

千歳さんが応じるまで、不自然な間があった。光貴さんは気づいていないのか、苦笑を消して頷くのみ。

一拍の間をおいて、雫がにっこり微笑んだ。

「正式参拝は、いつになさいますか」

雫がなんと言ったのか理解する前に、美鈴さんが口を開く。

「兄に正式参拝させてもいいの？」

「当社での結婚式にまで興味を持ってくださってるんです。正式参拝をお断りする理由はありません。義経公も、さぞお喜びになるでしょう」

「巫女の鑑《かがみ》ね。でも大切なことを忘れてるんじゃない？」

「なんのことでしょうか？」

「わかってるくせに」

「わかりませんね」

雫と美鈴さんが見つめ合う……いや、睨み合うと表現するべきか。二人とも目にした人の心を癒すに違いない、愛らしい微笑みを浮かべているのに。応接間に、異様な緊張感が迸っていく。

御神体のことを知らされていない光貴さんは、少女二人の顔を怪訝《けげん》そうに交互に見ている。

「光貴さんと千歳さんには正式参拝していただきます」

「正式参拝は断って」

「よ……よくわからないけど仲よくしましょう！」

千歳さんが、あたふたと割って入った。

「美鈴ちゃんは、私たちに正式参拝してほしくないの？　だったら、どうして神社の人に紹介してくれたの？」

「気が変わったんです」

「そんなばかな……」

呟く千歳さんを無視して、美鈴さんはにっこり微笑む。

「兄とつき合ってくれて、千歳さんには感謝しています。幸せになってほしいとも思ってます。でも感謝を伝える先は教会でしょう。この神社に正式参拝する必要はありません」

「……美鈴ちゃんがなんと言おうと、正式参拝したい。もしあるなら、結婚式のパンフレットもほしい」

光貴さんが再び苦笑した。

「さっきも言っただろう。結婚は、俺の仕事が軌道に乗ってから考えたい」

「でも、この子たちのためにも早く――」

お腹《なか》に両手を当て、強い声で口にしている最中、千歳さんは息を呑んだ。そのまま黙りこくってしまう。

いまの言葉の意味は……。

「妊娠しているのか？」

光貴さんが茫然と呟く。千歳さんは視線を泳がせた末に、こくりと頷いた。

「タイミングを見て話すつもりだったんだけど……光貴さんがなんて言うかわからなくて。でも、子どものためにも……できれば、この神社で式を……縁結びのお守りに力をもらったのは本当だし……」

千歳さんはお腹をそっとさすると、雫に目を向けた。

「久遠さんは気づいてたんじゃないですか。だから急に、正式参拝の話をしてくれたんじゃないですか」

「――はい」

雫は、迷うような間を挟んで頷いた。千歳さんが笑っていいのか、困っていいのかわからないような顔をして問う。

「どうしてわかったんです?」

「根拠は三つあります。まず、座布団にゆっくり座ったこと。まだ調子が悪いのかと思いましたが、数日前から続く体調不良の原因がつわりなら、お腹をかばっているのかもしれないと思いました。

次に、お茶に手をつけず、持参したペットボトルの水を飲んだこと。中の水が少し白かったのは、レモンを搾《しぼ》って混ぜたからではありませんか。妊婦さんは、酸っぱいものがほしくなりますから。

最後に、ウエディングドレスを着たいと言っていたのに、神前結婚式に興味を持ち始めたこと。白無垢ならお腹の子どもが大きくなっても目立たないと考えたのでしょう。急に正式参拝したいと言うようになったのは、当社での結婚式に話を持っていきやすくするため」

いつものことながらすごい推理力だ。必勝祈願の日に一度目の当たりにしているとはいえ、清宮くんは口をぽかんと開けている。美鈴さんの方は笑みこそ崩していないが、雫を見る目が険しくなっていた。

光貴さんが訊ねる。

「会社の人は知ってるの？」

「なんで会社が出てくるの？」

笑っていいのか、困っていいのかわからないようだった千歳さんの顔が、当惑一色になる。

「なんでって……上司に随分とかわいがってもらっているみたいだから、教えていてもおかしくないんじゃないかと思って」

「上司……上司……ああ、上司ね、うん」

生まれて初めて「上司」という言葉を聞いたかのように繰り返してから、千歳さんは笑顔になった。

「もちろん知らないよ。いくらかわいがってもらってるからって、光貴さんより先に教えるはずないじゃない。報告するのはこれから」

「それはそうだね」

光貴さんは、気を取り直すように首を軽く横に振ってから言った。

「病院には行った？」

「それもまだ。でも間違いないわ」

「妊娠検査薬かなにかで？」

千歳さんは耳たぶまで真っ赤になって俯いた。光貴さんが右手で口許を覆う。そのまましばらく動かなかったが、右手を下ろすとゆっくり頷いた。

「うれしいよ、千歳」


正式参拝については「後日、改めて相談」ということになり、二人は帰っていった。結婚式についても「ぜひ、この神社でお願いしたい」と言ってくれた。万々歳だ——収入面に関しては。

「これでヒントはあげられなくなっちゃった。雫さんは、御神体を返してほしくないのかしら」

応接間に残った美鈴さんが芝居がかった仕草で腕組みすると、雫は凍《い》てついた声音で言った。

「動機も方法も、ノーヒントで解き明かしてみせます」

清宮くんが美鈴さんに迫る。

「雫はこう言ってるけど、せめてヒントを出してほしい。大事なものを盗んだんだ。それくらいするべきだ」

「私もそうしてあげたかったんだけどね。本当に残念」

美鈴さんは、アンドロイドを思わせる硬質な微笑みを浮かべる。

「お願いします、と雫さんがいくら頭を下げても、聞く耳持ってあげない」

4

「お願いします」

美鈴さんがそう言っておずおずと頭を下げてきたのは、光貴さんたちと一緒に来た二日後のことだった。この間《かん》、御神体に関して動きはなかった。やきもきしたが、雫は「いまは様子見するときです」と言うばかり。

そして今日。土曜日だが登校日で、午前中、雫は学校だった。戻ってきて巫女装束に着替え授与所に立った途端、楠の陰から制服姿の美鈴さんが現れたのだ。顔を見合わせる俺と雫に、美鈴さんはウエーブのかかった毛先を指先でいじりながら「お願いします、力を貸してください」と言って、もう一度頭を下げる。

今日は参拝者が少ないので、兄貴に一言断って応接間に移動した。

「ここに来てから、兄の様子がおかしいの」

座布団に正座するなり、美鈴さんは座卓に視線を落として話し出す。

光貴さんは独り暮らしをしているが、用事があって、昨日、実家に顔を出したそうだ。大きな声で笑い、口数も多かった。アイドル時代、テレビに出て出演者のたいしておもしろくもない話に合わせて無理にはしゃいでいたときのようだった。

「子どもができて、テンションが高くなってるんじゃないかな」

俺が指摘すると、美鈴さんは座卓を見つめたまま首を横に振った。

「最初は私もそう思いました。でも昨日も今日も、ボイストレーナーの仕事を休んでるんです。これまで一度も、そんなことなかったのに。『千歳のために早く一人前になる』と張り切っていたのに。なにかあったとしか思えません」

美鈴さんは猫目を、覚悟を決めたように雫に向ける。

「御神体を盗んでおいてなんだけど、原因を調べてくれないかな？　せっかくいい人と巡り合えたのに心配で……雫さんは、随分と頭の回転が速いみたいだし……詳しいことは聞かされてないけど、葉月も雫さんに助けられた、みたいなことを言っていたし……」

葉月さんと美鈴さんは仲よしだと、里中さんが言っていたっけ。あの後どうしているか気になっていたけれど、葉月さんは元気のようだ。

雫は軽く息をついた。

「だから今日学校で、わたしに何度も話しかけようとしていたのですね。そういうことなら、早く言ってくれればよかったのに」

「いまの私の立場で、簡単に言えるわけないでしょう。愛嬌を振り撒いてる雫さんは不気味で、積極的に話しかけたくもないしね」

「でもわたしの本性について、クラスメートに内緒にしてくれてますよね。感謝しています」

「別に楽しい話じゃないからしてないだけ。勘違いしないで」

微かではあるけれど、美鈴さんの声は上ずっている。この年ごろの女の子にしては低い声音であることに変わりはないが、アンドロイドっぽさは少し薄くなっていた。

悪い子では、ないみたいだな。

それだけに、御神体を盗んだ動機がますますわからなくなる。

「そんなことよりどうなの？　私の頼みを受けてくれるの？　くれないの？」

「もちろんお受けします」

雫が答えると、美鈴さんは微かに息をついた。それから腕組みをする。

「ありがとう。無事に解決してくれたら、御神体を盗んだ動機についてヒントをあげるよ」

「どうしてですか？」

「どうしてって……交換条件として提示するつもりなんでしょ。私なら絶対にそうする」

「わたしは、そんなことしません。光貴さん、御神体は御神体ですから」

雫の瞳は、透明な氷のようだった。美鈴さんが猫目をぱちぱちさせる。

美鈴さんには理解できないようだけれど、雫はこういう子なんだよな――雫を見つめる自分の目が、自然と細くなっていくことがわかった。

雫が俺に顔を向ける。

「壮馬さんにも手伝ってほしいのですが、よろしいでしょうか」

「はい」

なんでも言ってください、という思いを込めて頷くと、雫は「では」と前置きして言う。

「光貴さんの様子を見てきてください、聖哉と一緒に」


日曜日の昼下がり。午前中は部活だった清宮くんと元町・中華街駅の元町口で待ち合わせ、地下四階のホームに向かった。目的地は光貴さんの家の最寄り駅、みなとみらいだ。

俺の服装は、ラフなジャケットにスラックス。清宮くんは、制服から薄手のデニムジャケットとジーンズに着替えた。飾り気のないキャップを被り、縁が太すぎる丸眼鏡をかけてもいる。いろいろ試したが、この伊達《だて》眼鏡が一番ファンに気づかれにくいのだという。

「変装したアイドルと出かける」なんてドラマやアニメではよく目にするが、現実にはなかなか経験できないシチュエーションだ。

でも、全然うれしくない。

雫の言葉を思い出す。

――光貴さんは聖哉と同じ芸能事務所に所属していたそうですから、壮馬さんが会いにいく口実をつくってくれるはずです。男性同士の方が話しやすいでしょうし、お正月の準備もしたいので、わたしは行きません。お任せします。

神社には、九月になると年末年始に扱うお守りやお札が少しずつ届き始める。それらの検品や収納をいまから始めておくらしい。平日は学校だから、日曜日に作業をしたい気持ちはわかる。でも、よりによって俺と清宮くんを二人きりで行動させるなんて。

何度ため息をついても足りないが、清宮くんに責任はない。雫には御神体に集中してほしいから、光貴さんの件を早く解決したくもある。

ホームに降りると、タイミングよく特急が出発するところだった。二人で乗り込む。席は空いていたが次の駅で降りるので座らず、ドアに半身を預けて向かい合った。清宮くんの顔が、すぐ近くにある。

こうして見ると、センスのかけらもない眼鏡でも完全には隠せないほどの美形だと改めて思う。双眸の美しさが印象的すぎて気づかなかったが、睫毛《まつげ》は瞬きしたら音を立てそうなほど豊かで長い。さらさらの黒髪が、それを余計に際立たせている。王子さま、という言葉がこれほど似合う容姿も珍しいだろう。

これなら雫も、つき合うふりをしているうちに、本当に――それ以上考える前に、俺は言葉を吐き出した。

「光貴さんは清宮くんと同じ事務所だったらしいし、仲がいいんだよね。つき合いも長いの？」

「質問に答える前に、話しておきたいことがあります」

清宮くんは、真摯《しんし》な光を滾《たぎ》らせた瞳で俺を見上げる。

「俺が雫とつき合ってることで、坂本さんは迷惑してませんか」

「どういうこと？」

「坂本さんは、いつも雫のことばっかり見てますよね」

反射的に窓の外に目を向けてしまった。地下なので真っ暗で、言い訳にできるものはなにもない。急いで笑顔をつくって視線を戻す。

「そんなことはないよ」

「坂本さんは、嘘が上手じゃないみたいですね」

清宮くんは得意そうに鼻を鳴らした。少しも嫌味に感じられず、むしろ「もっと鳴らしてほしい」という謎の願望が湧き上がってしまう。

「坂本さんがそう言うなら、そういうことでいいです。でも、これだけは言わせてください。俺と雫については心配しなくて大丈夫ですよ。いまの状態はそんなに長くは続かないはずです」

「それって、本当は雫さんとつき合ってないと言ってるようなものだよね」

「あ」

清宮くんは惚《ほう》けた声を上げると、窓の外に目を向けた。でもすぐに、急ごしらえであることが一目でわかる笑顔で俺に向き直る。

「そんなことありませんよ。俺と雫はつき合ってます。めっちゃつき合ってます」

嘘が上手じゃない、という言葉をそのままそっくり返したい。でも、「心配しなくて大丈夫」とわざわざ言ってくれるなんて。

やっぱり、いい奴だよな。

「それより、コウキさ――光貴さんと俺の関係でしたね」

「『コウキ』の方が呼び慣れてるの？」

「俺と美鈴が小さいときから、その芸名で活動してましたから。うちの事務所は原則、下の名前をもとにした芸名をつけるんです」

「それなら清宮くんは『セイヤ』じゃないの？」

「あくまで原則ですから。俺は『キヨミヤ』の方がよかったんです。事務所はなかなか納得してくれなくて、説得に時間がかかりましたけどね」

「そこまでして、どうして『キヨミヤ』に？」

「まあ、いろいろ」

清宮くんが曖昧に答えたところで、みなとみらい駅に着いた。電車を降り、歩きながら光貴さんの話をする。

三年前、ソードブレイカーが結成されたころの清宮くんは筆舌に尽くしがたい音痴で、ネットでは「ジャイアンⅡ世」と揶揄《やゆ》されていたという。メンバーの足を引っ張っていると焦った清宮くんは、抜群の歌唱力を誇るコウキこと光貴さんに教えを乞うた。マネージャーには「歌で勝負するタイプじゃない」ととめられたが、清宮くんは光貴さんのもとに通い続けた。その甲斐あって、決してうまいとは言えないものの、人様に聴かせられるレベルの歌声にはなった。このころからソードブレイカーの人気に火がついた――。

「いまの俺があるのは、コウキさんのおかげなんです」

清宮くんの熱弁を聞いているうちに、夜遅くまで道場に残って剣道の稽古をしていたという話を思い出した。

「コウキさんは俺にとって兄貴みたいなもの。そのせいでマスコミが『キヨミヤはコウキに似て女好き』って騒ぎ出したんですけどね。俺は美鈴一筋だったのに、とばっちりですよ」

「光貴さんは、そんなに女性と噂があったの？」

「はい。数は少なかったけど、大物とばかりつき合ってました。中には、松原奈保美《まつはらなおみ》もいたんですよ」

海外の映画賞を受賞したこともある、演技派の若手女優だ。何年か前に結婚して、最近はSNSで子煩悩ぶりを発揮している。「美しすぎるお母さん」とも言われているようだ。

「コウキさんはあの人とホテルから出てくるところを撮られて、結婚寸前まで行ったのに、結局は別れたからなおさらです。『松原さんとは真剣』と言って結婚寸前まで行ったのに、映画業界の重鎮をまとめて敵に回してしまいました。別れた後の松原さんがやつれていて、見るからに落ち込んだ様子だったのもよくなかったと思います。

でもコウキさんは本当に真剣だったと、俺はいまでも思ってますよ。松原さんの子どもについて『本当はあなたの子じゃないのか？』とマスコミに訊かれたときは『ありえない』と珍しくむっとしていたし、女性関係が派手になったのは松原さんと別れてからですから。あんなコウキさんは見たくなかったな――俺にできることはなにもなかったけど」

最後の一言を呟くように言ってから、清宮くんは足をとめた。目的地に着いたのだ。みなとみらいは埋め立てによってできた街で、建物も植物も道路も整然と並んでいる。タワーマンションも多い。光貴さんが住んでいるのも、その一つだ。

秋の気配が滲んだ空は高く、薄い水色に染まっている。そこに突き刺さるようにそびえ立つマンションは見上げると眩暈《めまい》がして、身体が空へと吸い込まれていくようだった。

「あのときなにもできなかった分、コウキさんのためにできることがあるならしたいんです」

清宮くんはマンションを睨み上げた。


光貴さんの部屋はマンションの二十三階にあった。通されたリビングは壁一面が大きな窓で、横浜港を一望できる。部屋が宙に浮かんでいるようで、足許がふわふわした。

「なかなかの部屋でしょう？　高かったんですよ、と言いたいところだけど、知り合いのツテでありえないくらい格安にしてもらったんです。人気絶頂のころは、いろいろな人が寄ってきたから。固定資産税がばかにならないので、千歳との結婚を機に売りに出すつもりですけどね」

光貴さんの笑顔は明らかにこの前より弾けていて、話し方も浮ついていた。ほのかに酒のにおいもする。ガラステーブルの上にはプルタブの開いたビール缶が三本、ばらばらに置かれている。部屋全体は掃除が行き届き、家具が整然と並べられているだけに乱雑さが目立った。

会うのは二度目だから普段の様子は知らないが、この前とは明らかに違う。

俺と清宮くんを革張りのソファに座らせた光貴さんは、自分は立ったまましゃべり出す。

「清宮から聞きましたよ。俺の話を聞いて、神職さんが読む祝詞……だっけ？　それをどうするか決めたいんだってね。いいですよ、なんでも訊いてください。なんでも答えますよ。なんたって、結婚式をあげる神社の人からの頼みですからね」

今日はそういう口実で来たのだが、清宮くんが眉をひそめる。

「テンションがおかしいですよ、コウキさん。なにがあったんですか」

「恋人が妊娠したんだ。テンションが変わって当然だろう」

「仕事も休んでるんでしょう」

「落ち着かなくてね。すぐに復帰するさ。千歳が産婦人科をさがしているから、その結果次第でまた落ち着かなくなりそうだけどね」

光貴さんは歌うように言いながらキッチンカウンターの向こう側に行く。カウンターには、濃度の異なる蜂蜜色の液体が詰められた瓶が六本並べられていた。どれもきれいに透き通って宝石のようだ。なんだろう、あれ？

光貴さんは、ガラスコップ二つとビール缶、ワインボトル、ジュースをトレイに載せ戻ってきた。

「清宮は未成年だからジュースだ。本当はアルコールを飲ませてやりたいんだけど、マスコミに知られたら面倒だからね。息苦しい世の中だよ、まったく。坂本さんは未成年じゃありませんよね。どうぞお好きなものを選んでください」

清宮くんは心配そうだ。これ以上は光貴さんのペースに巻き込まれたくなくて、俺は切り出した。

「千歳さんは、その後お変わりありませんか？」

「そちらに行った日から会ってませんが、多少つわりがあることを除けば元気そうですよ。ちゃんと仕事にも行ったとLINEに書いてました。勤務先がカグクールだから、安心して働けるんでしょう」

カグクールはオフィス家具の最大手だ。株主だけでなく従業員の幸せも重視する、福利厚生や給料がしっかりしたホワイト企業として名を馳《は》せている。

「上司――経理部の部長が紳士的で、なにかと相談に乗ってくれているようですしね。仕事もできる人で、どこかに取材されたこともあるらしいですよ。名前は……なんだったかな。まあ、どうでもいいか」

光貴さんはおかしくもないのに笑い声を上げ、倒れ込むようにソファに腰を下ろした。

「千歳はお腹の子について『絶対に双子』と言ってます。なにが根拠か知らないけど、彼女が言うとそんな気がしてくるから不思議ですよ。収入も安定していないのに双子を育てるのは、正直不安ですけどね。まだ父親になるつもりがなかったから、なおさらです」

随分と無責任な発言だな。俺と目が合った光貴さんは、苦笑いを浮かべた。

「誤解を招く言い方をしてしまいましたね。もちろん、男として責任は取りますよ。千歳のことを愛してるから」

わずかではあるが、話し方が落ち着きを取り戻す。

「知ってるかもしれませんが、俺は女遊びが激しくてね。自業自得で、仕事がどんどん減っていきました。引退した後は『新しい人生期待しているよ』『できることがあったら力になる』なんて言ってくれる人もいたけど全部社交辞令で、近くにきてくれたのは清宮くらいだった。女性からも相手にされなくなって酒びたりの生活を送っていたところに、高校の友人が何人か遊びに来てくれたんです。その中に、千歳もいました」

光貴さんは、テーブルのビール缶を見つめる。

「俺がろくに話さないでビールを飲みまくっていたせいでしょうね、千歳は『そろそろやめた方が』と宥《なだ》めてきました。耳を貸さないでいると、ビールを取り上げて一気に飲み干したんです。驚きましたよ。『アルコールには強い』と言ってたけど、その割にふらふらしてました」

ふわりとした笑顔からは想像できない、大胆なことをする人らしい。

「彼女を見ていたら、自分が情けなくなりましてね。みんなが帰ったその日から仕事をさがして、ボイストレーナーのバイトを始めたんです。それからも千歳は、なにかと理由をつけて会いにきてくれました。自然と惹《ひ》かれていったけど、俺なんかに彼女はもったいない。そう思っているのを察したように——いや、実際、察したんでしょう、彼女の方から告白してくれた。つき合い始めた後も、俺のためにいろいろしてくれてます。部屋が片づいているのは、彼女が定期的に掃除しにきてくれるからなんです。それに」

光貴さんがキッチンカウンターを見遣る。視線の先には、六本の瓶があった。光貴さんの口許が緩んでゆく。

「喉のケアのために、と言って、あんな飲み物までつくってくれました。最初は一本だったけど、朝起きたとき用、寝る前用、トレーニングの後用といった具合に、段々と増えていきましてね。この先も、まだまだ増える予定らしいですよ」

透き通った蜂蜜色の液体。それを瓶に流し込んで、ふわりとすべてを包み込むように微笑む千歳さん。その姿が、まるで目にしたように想像できた。

「俺は彼女を絶対に幸せにしなくちゃいけないでしょう。なのに弱気になってるのは、逃げ癖がついてしまったからかもしれませんね」

「逃げ癖？」

光貴さんは俺に向かって、再び苦笑いする。

「アイドルを引退したのは、仕事が減っていたこともありますが、直接のきっかけは同期の映画が失敗したことなんですよ。あいつにとって勝負作で、事務所は予算を潤沢にかけ、監督も共演者も優秀な人材をそろえた。プロモーションにも力を入れた。なのに、興行収入も評価もさっぱりだったんです。大コケしたことすら、話題にならなかった」

光貴さんが口にした映画のタイトルは、聞いたこともないものだった。

「同期は、歌も演技もトークも人並み以上で、なにより努力家でした。そんな奴が周りに協力してもらっても成功できないんだから、俺なんかが芸能界でやっていけるわけがない。引退して第二の人生を歩んだ方がいい……なんてもっともらしい理屈を捻り出したけど、自分がこの先もやっていく自信がなかっただけです。要は、同期を言い訳にして逃げ出したんですよ」

「そんなことが……」

「全部、コウキさんがブログに書いてたじゃないですか」

清宮くんが、世界中の誰もが知っていて当然と言わんばかりの口振りで言った。

光貴さんの目が、ぽっかり開いたビール缶の飲み口に向けられる。

「人間、一度逃げるとだめなんですよ。かっこ悪いと自分でも思います」

「逃げたことはかっこ悪いかもしれないけど、逃げないと新しい道が見つからないこともありますよ」

自分よりずっと広い世界を知っている年上の男性に、こんな話をしても無意味かもしれない。それでも俺は萎縮する唇をなんとか動かし、自分のことを語った。

憧れの先輩がいたこと。その人のような先生になりたかったこと。「子どもたちの笑顔が見たい」という夢を持っていたこと。でも先輩は自殺して、それを言い訳に教育の道から逃げ出したこと。大学をやめて住む家もなくして、源神社に転がり込んだこと。

そこで、子どもだけじゃなくて〝みんな〟の笑顔が見たい、という目標を見つけたこと。

光貴さんが真剣な面持ちで聞いてくれるので、気がつけば言葉がすらすらと紡《つむ》ぎ出ていた。

「新しい目標を見つけたところで、そのために具体的にどうしたらいいのか、まだわからないんですけどね」

俺がその一言で話を終えると、光貴さんは「なるほど」と呟き、ソファの背に身体を預けた。声音が、源神社に来たときのものに近くなっている。

それから俺たちは、酒を飲みながら互いの境遇や仕事について話した。会話は度々途切れた。その度に清宮くんが「そういえば」「あのときは」などと明るい口調で話題を投下してくれたけれど、途中から沈黙が重荷ではなくなり、清宮くんも無理に話をしなくなった。随分と話し込んだことに気づいたのは、電気をつけないと相手の顔がよく見えなくなってからだった。

それでも光貴さんは、様子がおかしくなった理由に関する話題は避け続けたし、俺も無理に聞き出すことはできなかった。

光貴さんのマンションを出ると、清宮くんはタイル舗装された歩道に視線を落として言った。

「坂本さんのおかげで、コウキさんは少し気が晴れたみたいです。でも、やっぱりまだ落ち込んでる」

「自分で言うのもなんだけど、俺と話したらだいぶ元気になったみたいだけど」

「話し方は普段に近づきました。それは坂本さんのおかげです。でも飲むペースが速かった。普段は、もっとゆっくり飲むんです」

さすが、よく見ている。

等間隔に並んだ街灯は煌々《こうこう》と灯り、タワーマンションの壁面に貼りつけられたように並んだ窓からは白色《はくしょく》、橙系統の明かりが漏れ出ている。なのに、夜が暗く感じられた。

清宮くんの家の最寄り駅は東神奈川《ひがしかながわ》だという。元町・中華街駅とは反対方向なので、みなとみらい駅のホームで別れる。

俺が元町・中華街駅行の電車に乗る寸前、清宮くんは深々と頭を下げた。

「美鈴が迷惑かけているのに申し訳ないけど、今日のことを雫に話して、コウキさんになにがあったのか突きとめてもらってください。コウキさんを助けてあげてください。お願いします」

「雫さんならなんとかしてくれるよ」

頷いてみせたが、忸怩《じくじ》たる思いだった。雫には御神体に集中してほしいのに、なんの手がかりもつかめなかった。芽依さんのときは日記を読んだだけで真相を見抜いたが、今回もうまくいくとはかぎらない。

せめて助手役《ワトソン》として、できることをしないと。

草壁家に戻ると、私服に着替えた雫が居間でタブレットPCを手に、ネットの記事を読んでいた。食い入るような眼差しに声をかけることがためらわれたが、雫の方が俺に気づく。

「お帰りなさい、壮馬さん」

「ただいま」と応じながら雫の向かいに座る。

「真剣になにを読んでるんですか」

「光貴さんについて、いろいろ調べていました。松原奈保美さんという女優と別れてから、私生活が随分と荒れていたようですね。隠し子疑惑が二件起こり、裁判になりかけてもいます。続報がないのでどちらも有耶無耶《うやむや》になったようです。ただ、別れ話のもつれで自殺未遂したタレントには訴えられてますね。相手の一方的な思い込みが原因と判断され不起訴になりましたが、女性を軽く扱っているとしか思えません」

話が進むにつれ雫の瞳が冷たくなっていくのがわかり、反射的に身を引いてしまう。

「で……でも光貴さんはそのせいで仕事が減ったと反省してましたし、いまは千歳さんを幸せにしようともしています。変わったんですよ」

「壮馬さんがそう言うのなら、そうなのでしょうね」

「あっさり信じていいんですか」

「こういうことに関しては、壮馬さんは間違えませんから」

「こういうことに関しては」が気になる俺には無頓着に、雫は続ける。

「光貴さんとどんな話をしてきたか、教えてください」

光貴さんの様子や会話の内容を、可能なかぎり正確に伝える。話を聞き終えた雫は、タブレットPCの表面で器用に人差し指を滑らせた。

「千歳さんの上司は、経理部の部長なんですよね。たぶん、この人ですね」

ディスプレイに、ビジネスサイトのインタビュー記事が表示される。一番上には、目が大きく、鼻筋がまっすぐ通った男性の写真が掲載されていた。年齢は全然違うが、雰囲気がなんとなく光貴さんに似ている。写真の脇には「カググール経理部部長・川相崇《かわいたかし》さん」と書かれていた。

「横浜に来る前に、この記事を読みました。お仕事の話だけでなく、『妻が産婦人科医なので出産の大変さは聞いている。できるだけ女性社員の力になりたくて、コミュニケーションを取るようにしている』と語っていたので覚えてたんです」

雫はお姉さんが妊娠したときいろいろ調べて、この記事にたどり着いたのだろう。こういう人が上司なら、千歳さんは安心して出産に臨めるに違いない。

タブレットPCを座卓に置いた雫は、スカートのしわを伸ばしてから口を開いた。

「壮馬さんは、光貴さんと仲よくなったのですよね」

「まあ、多少は」

「では、お願いがあります」

「はい」

昨日と似たような流れだ。でも、昨日の「なんでも言ってください」という思いに、今日は助手役《ワトソン》の決意も加わっていた。さすがに清宮くんと一緒に行動する以上の難題を押しつけられることもないだろうし。

「わたしの代わりに謎解きをお願いします」

5

次の日の午後。俺は社務所の応接間で一人、光貴さん、千歳さんと向かい合っていた。月曜日だが祝日で二人とも仕事が休みだというので、この時間にしてもらった。奉務中の俺は、白衣白袴だ。

「内緒の話というのは？」

光貴さんは、話し方こそ先日ここに来たときと同じく物静かだったが、目は充血し、黒々としたクマに縁取られていた。俺が出した麦茶を一息で半分ほど飲んだのは、アルコールを薄めるためとしか思えない。千歳さんは光貴さんの横顔に、不安そうにちらちら目を向けている。

光貴さんたちをこのままにしておくわけにはいかない。どうやって話を進めたらいいか、昨日から何度もシミュレーションした。でもいざとなると頭の中が真っ白になって、「わざわざお時間をいただいて……」くらいしか言えない。

光貴さんが微笑む。

「もしかして、気づいたことがあるんじゃないですか」

「はい」

反射的に頷いたが、すぐに「いや、その……」と口ごもってしまう。光貴さんは軽く肩をすくめた。

「うまく隠していたつもりだったのに。鋭いですね、坂本さんは」

曖昧な笑みを浮かべることしかできない。言うまでもなく、光貴さんの隠しごとに気づいたのは俺ではない。

隣の部屋と仕切っている襖に、そっと目を向ける。

＊

昨日の夜。

「わたしの代わりに謎解きをお願いします」

「無理です」

即答と同時に首を横に振った。

「雫さんがわからないのに、俺に真相がわかるはずないでしょう」

「光貴さんの様子がおかしくなった理由は、もうわかりました。壮馬さんには、それを伝えてほしいんです」

「俺の話を聞いただけでわかったんですか」

「はい」

雫はあっさり頷くが、啞然《あぜん》とするほかない。芽依さんの件に続いて、まるで安楽椅子探偵じゃないか。でも、

「いつもどおり自分で伝えればいいでしょう」

「壮馬さんの方が適任なんです」

それから雫は、たどり着いた真相を語ってくれた。すぐには信じられなかったが、筋は通っている。確かに光貴さんからすれば、雫よりは俺から言われた方がまだマシかもしれない。千歳さんだってそうだ。いくら「名探偵」とはいっても、雫は十七歳の女の子なのだから。

「事情はわかりましたけど、うまく話せるかどうか。俺は雫さんと違って、頭の回転が速くないですし」

「壮馬さんの推理力と思考力は、完璧に把握しています。この程度なら大丈夫のはずです」

言葉だけを取れば上から目線としか思えないが、雫の双眸も口調も真剣そのものだ。

言いたいことはいろいろあったが、やるしかない。

＊

雫は「いざというときにはお助けします」と言って、隣の部屋に身をひそめている。でも光貴さんのためにも、俺が自分の力でなんとかしないと。ごくり、と唾を飲み込んでから口を開く。

「隠していることを言っても、構わないでしょうか」

「むしろ言ってください。もう疲れたんです」

その一言で腹が決まった。頭を一度下げた俺は、千歳さんの方は見ないようにして切り出す。

「光貴さんは、子どもをつくることができない体質なんじゃありませんか」

「なにを言ってるんですか！」

千歳さんは否定しながら、お腹に手を当てた。光貴さんの方は「なぜ、そう思ったんです？」と、乱れのない口調で訊ねてくる。俺は雫の推理を思い出しながら言う。

「千歳さんが妊娠しているとわかったとき、光貴さんが随分驚いていたことと、その後で様子がおかしくなったこと。この二つが理由です」

「様子がおかしくなった？　光貴さんが？」

「……千歳さんにはうまく隠していたみたいですけど、美鈴さんが相談してきたんですよ」

シミュレーションになかった質問をなんとか捌《さば》くと、今度は光貴さんが言った。

「ほかにも根拠があるんですか？」

質問の体だが、先を促されているようだった。

「子どもをつくれないとしたら、松原さんの子どもの父親が自分であることが『ありえない』と否定したことも、以前起こった隠し子疑惑が有耶無耶になったことも頷けるんです。千歳さんとの結婚を考えられないと言っていたのも、このことを話せないでいたから。いずれは打ち明けるつもりだったんだとは思います。なのに、千歳さんが妊娠したと言い出した。それで光貴さんはいろいろ考えてしまって……様子がおかしく……」

「いろいろ考えてって、要は浮気を疑ってるってことですよね？」

千歳さんが目を剝く。オブラートに包んだ言い方をしても意味がなかったか。

「坂本さんの話は全部でたらめだよね？　ほかの人の子だなんて思ってないよね？」

お腹に両手を当てたまま、こわごわ訊ねる千歳さんに、光貴さんはなにも言わず俯いた。千歳さんは「え？　え？」と言いながら、この前ここに来たときとは別人のようなぎくしゃくした笑みを浮かべる。

「本当に光貴さんが子どもをつくれないとしても、私は裏切ったりしてない……」

「松原さんとは、子どもをつくれないことが理由で別れたんだ」

光貴さんは俯いたまま、訥々《とつとつ》と語る。

「結婚の前にブライダルチェックを受けたら、自分が精子をつくれない体質——無精子症だとわかった。精子の数が『ゼロ』と表示された検査結果を見たときはショックだったよ。そんなばかな、と思ったけど、日本で無精子症の男性は百人に一人はいると言われているらしい。『自分一人ではないし、恥ずかしいことでもない』と医者《せんせい》に言われて、頭ではそのとおりだと理解しても受け入れられなかったけどね」

顔を上げかけた光貴さんだったが、再び力なく俯いてしまう。

「松原さんは子どもをほしがっていたから、俺以上にショックを受けていた。それでも、不妊治療をしようと言ってくれたんだ。でも俺の無精子症は、手術しても成功率が低いタイプのものだった。彼女に期待させるだけ無駄に思えてならなくて、別れを切り出した。松原さんは悩みに悩んだ末に、それを受け入れたんだ。君には彼女のような思いをさせたくなくて、なかなか言えなかった。俺が悪い。君の責任じゃない」

「違う……誤解してる……」

「松原さんと別れてから自棄《やけ》になって女遊びを繰り返したせいで、俺は周りに見放された。救ってくれたのが君だ。お腹の子の父親が誰だろうと面倒は見るし、俺と別れたいなら言ってくれて構わない」

「お願いだから信じて……」

千歳さんは涙声になっている。

こうなる前に言わなくてはならないことがあったのに、完全にタイミングを逃してしまった。でもこれは、簡単に口にできることではない。この雰囲気ではなおさらだ。まずいぞ、どうしたら……。頭の中が、先ほどよりもさらに白くなりかけたそのとき。

ドサッ
大きな音が、襖越しに聞こえてきた。虚を衝かれた光貴さんと千歳さんが、そろって音の方を見遣る。

「隣の部屋に、年末年始に使うお守りやお札をしまってるんですよ。なにかが落ちたみたいですね。後で片づけます」

本当は、落ちたのではない。落としたんだ。

内心で雫に手を合わせ、この機を逃さず切り込む。

「千歳さんは、光貴さんを裏切るような人には見えません。光貴さんだって、そんな気配は感じてなかったでしょう」

「もちろんです。千歳を信じたい気持ちはいまだってあります。でも……」

光貴さんが、千歳さんのお腹に遠慮がちに目を向ける。その視線を受けた千歳さんは、お腹に当てた両手に力を込めた。俺は、固まりかけた舌を強引に動かす。

「千歳さんは、本当は妊娠していない。想像妊娠なんです」

「どうしても妊娠したい」と望んだり、逆に「絶対に妊娠したくない」とおそれたりといったように、妊娠に対し過度に強い感情を抱くことがきっかけで、心身が妊娠したときと似たような状態になることがある。これを「想像妊娠」という。精神症状の一つと見なされていて、生理がとまったり、つわりがあったりするだけでなく、腹部が膨らむ例もあるらしい。

一昔前の「女は子どもを産むべき」という圧力がいま以上に強かった日本社会では、それほど珍しくなかったとも言われている。

千歳さんの双眸に涙が滲んでいく。

「想像なんかじゃない、私のお腹の中には、ちゃんと子どもがいるんです。まだ動いてないけど、存在を感じるんです！」

「自分が無精子症だから、俺もその可能性は考えました。でも調べたところ、医療技術の進んだ現代では想像妊娠はほとんど見られないそうです。心身にそれらしい徴候を感じても妊娠検査薬を使えば、妊娠の有無は医者に行かなくてもわかりますからね。妊娠していないことがわかれば、徴候は自然と消えるらしいですよ。千歳も、検査薬を使って判定しています」

光貴さんの言うとおりだ。でも案の定、千歳さんは口を閉ざした。光貴さんがなにか言う前に、俺は告げる。

「陰性だったんですよね。だから光貴さんに妊娠検査薬の結果を訊ねられたとき、はっきりと返事をしなかったんですよね」

「陰性だったけど……でも双子だったら、検査薬が反応しないことがある。だから妊娠しているんだと……身体にいろいろ徴候も出ていたし……そうです、私は妊娠してるんです。光貴さんが無精子症というのが間違いなんです！」

「それで双子だと決めつけていたのか」

唐突に顔を輝かせ捲し立てる千歳さんとは対照的に、光貴さんは冷静だった。輝いたばかりの千歳さんの顔が、ぐにゃりと歪む。目を逸らしそうになりながら、俺は続ける。

「千歳さんは、経理部の上司にかわいがってもらっていると聞きました。その上司というのは、川相さんという人ですよね。ネットにインタビューが載ってました」

「そうですけど、それがなにか？」

「川相さんは女性社員とコミュニケーションを取っているから、奥さんの職業も知ってますよね」

「産婦人科医でしょう」

「それを知ってるなら、どうして川相さんの奥さんに診てもらわないんですか」

雫が千歳さんの想像妊娠を確信したきっかけは、これだった。

千歳さんは、診てくれる産婦人科医をさがしているという。かわいがってくれている上司の奥さんという、身近なところに適任者がいるのに。

——無意識のうちに、お医者さんに診てもらうことを避けているのだと思います。診断結果が出ればどんなに理屈を並べても、妊娠していないことを認めざるをえませんから。会社の人に妊娠を報告すると言っていましたが、まだしていない……いえ、上司が自分の奥さんに診てもらうように言うはずだから、できないでいるのではないでしょうか。

雫は殊更《ことさら》に淡々とした口調で、そう言っていた。

そんな人には見えないけれど、千歳さんが川相さんと不倫して妊娠したとしたら、後ろめたくて診てもらえない可能性もあるのでは。俺のその指摘を、雫は否定した。

――仮に二人が不倫関係にあったとしても、川相さんの奥さんに診てもらわなかったら、後々周りに不審に思われます。どうしても後ろめたかったとしても、診てもらわない口実をつくる必要があるはず。その様子はありませんから、壮馬さんが指摘した可能性については考えなくてよいでしょう。

「川相さんの、奥さん……?」

千歳さんは惚けた声で呟いたきり、ぴくりとも動かなくなった。その代わりのように、顔色が青白くなっていく。ふわりとすべてを包み込むような微笑みを浮かべていた顔が、砕け散る様を見ているようだった。

「……いつか光貴さんに捨てられるんじゃないかと思って、ずっとこわかった。光貴さんはたくさんの女性と噂になっていたし、中には松原さんのような美人もいたし。私なんて……」

千歳さんはぼんやり言うと、両手の指先で自分の顔をなぞった。

「だから光貴さんのために、できることはなんでもやった。でも、なにをしても安心できなかった。むしろ、すればするほど不安になって……もう喉のケアの飲み物をつくるくらいしかできることがなくなって……」

キッチンカウンターに並べられた、段々と増えて、これからも増える予定だという六本の瓶。そこに蜂蜜色の液体を流し込み、ふわりとすべてを包み込むように微笑む千歳さん。

その姿はもううまく想像できなかったし、液体も透き通って見えそうになかった。

千歳さんは両手で、慈しむようにお腹をさする。

「そうしたら身体が、妊娠したようになったの。妊娠検査薬が陰性だったときは信じられなかった。でもネットで調べたら、双子ならhCGホルモンの濃度が高すぎて妊娠検査薬が反応しないこともあると書いてあった。もちろん、川相さんの奥さんに相談することも考えた。でも光貴さんと一緒に双子の赤ちゃんを育てているところを想像しているうちに、病院に行くことが頭から消えて……妊娠した気になってしまって……川相さんのことも考えないようになって……」

妊娠した、と思いたいがあまり、無意識のうちに不都合なことを頭から追い出していたのだろう。光貴さんが上司の話をしたとき、やけに戸惑っていたのはこれが理由か。

「いつかはちゃんと病院に行かなくちゃいけないと、心のどこかでは思ってた。妊娠してない可能性があることもわかってた。そうなったら、流産したことにしてごまかすつもりだった」

相手は、数々の女性と噂になった元アイドルだ。千歳さんは、俺がいくら言葉を尽くしても足りないほどの焦燥に駆られていたに違いない。想像妊娠は精神症状なのだから、本人の意思ではどうしようもなかったこともわかるつもりだ。

それでも、言わずにはいられなかった。

「流産は、軽々しく言い訳に使っていいことではないですよ」

襖の向こうに耳をそばだてる。物音どころか、人の気配すら感じない。

お腹をさすっていた千歳さんの手がとまった。徐々に力が抜けていき、畳にだらりと垂れ落ちる。

「わかってます……ごめんなさい……ごめんなさい……」

「謝らないといけないのは俺の方だよ。もとはといえば俺の女遊びと、その原因を黙っていたことが悪いんだ」

「でも、あなたも傷ついて……」

「それとこれとは話が別だ」

光貴さんは千歳さんの両手を握りしめ、そっと顔を寄せた。

「昨日、俺は坂本さんに『まだ父親になるつもりがなかった』と言った。『まだ』ということは、いずれは父親になりたいということだよ。自分に子どもをつくることはできないけれど、養子を迎えて」

千歳さんが目を見開く。

「松原さんは、どうしても自分で産みたがっていた。君もそうかもしれないから、無理強いはできない。でも、もしよければ俺と結婚してほしい。いつか養子を迎えて、新しい家族をつくってほしい」

「私は――」

そこから先は嗚咽《おえつ》に交じって聞き取れなかったけれど、答えはわかった。

「やっぱりここは縁結び神社ですね。正式参拝と神前結婚式の相談は、また改めてさせてください」

光貴さんはそう言って微笑み、千歳さんと手をつないで鳥居をくぐっていった。その前に大事な話をして。

応接間に戻ると、巫女装束の雫が正座していた。

「お疲れさまでした、壮馬さん。無事に済んでよかったです」

きれいな一礼をする雫は、流産の話を気に留めていないかのようだった。これについては深く考えないことにする。

「雫さんの言うとおりに話しただけですけどね。うまく言葉が出てこなくて、緊迫した雰囲気になっちゃいましたし」

「推理を述べるときはタイミングも重要なんです」

探偵役《ホームズ》は、そんなところにも気を遣っているのか。座卓を挟んで座ると、雫は言った。

「それでも、壮馬さんに任せてよかったです。わたしだったら、光貴さんと千歳さんがああいう形に収まることはなかったと思います。光貴さんといい関係を築いてくれたおかげですね」

もしかして。

「雫さんは、光貴さんが引退した理由をブログで読んでたんじゃないですか。似たような経験をした俺なら仲よくなれると思って、話を聞きにいかせたんじゃないですか」

「はい。壮馬さんを利用したんです。壮馬さんが意識してしまうから、黙っていた方がいいと判断しました。自分でも本当に性格が悪いと思います」

「最善の手を打っただけじゃないですか」

清宮くんと一緒に行かせたことはどうかと思うけど、俺は笑った。雫の瞳の焦点がぼやける。

おや、と思う間もなく、独り言のような呟きが鼓膜に触れた。

「そういう話じゃないのに」

ええと……。

「なら、どういう話ですか？」

「なにがですか？」

瞳にしっかりと俺を映し、雫は言った。一切の問いを拒絶する、氷壁のごときバリアが見える気がする。「なんでもありません」と言うしかない。

「そうですか。それより美鈴さんですね」

「そうですね」

気を取り直して頷いた。

光貴さんがしてくれた「大事な話」を念頭に。

6

その日の夜。清宮くんに伴われ、美鈴さんが源神社にやってきた。今日も美鈴さんはこの前と似た紅葉色のガウチョを穿き、茶系の長袖シャツと合わせている。清宮くんは、昨日と違ってフォーマル寄りのジャケットとスラックスだった。色は上下ともグレー。

本日の奉務はもう終わったが、俺たちはまだ着替えていない。

来ることは、清宮くんから事前に知らされていた。二人を応接間に通す。

畳に正座した途端、美鈴さんは口を開いた。

「兄から連絡がありました。坂本さんがすべて解決してくれたそうですね。『なにがあったかはいつか説明するけど、もう心配しないで大丈夫』と言ってました。どうせ裏で雫さんが糸を引いてたんだろうけど。どうして壮馬さんに任せたのかわからないし、事情がわからないのも釈然としない。まあ、端《はな》から考えるつもりもない――」

「前置きはいいから早く言えよ」

清宮くんが黒髪をかき上げながら息をつく。美鈴さんは、一旦、唇を真一文字に結んでから、

「兄を助けてくれてありがとうございました」

一息に言うと、高速で、ほんのちょっとだけ頭を下げた。

照れ屋なんじゃないか、この子？　俺の視線に気づいた美鈴さんは、雫に勢いよく顔を向ける。

「雫さんは話が別だと言ってたけど、せっかくだし、借りをつくるのも癪《しやく》だから、私が御神体を盗んだ動機についてヒントをあげ――」

「必要ありません」

美鈴さんを遮った雫は、間髪を容《い》れず告げる。

「動機は、宮司になれなかったおばあさまの復讐《ふくしゆう》ですよね」

第四帖　御神体はこちらです

1

おばあさまの復讐。雫が口にした一言によって、美鈴さんの両目と口は大きく開かれた。そこに雫は、さらに言葉を撃ち込む。

「美鈴さんのおばあさま——藤森笙子《しょうこ》さんは、源神社の先々代の宮司候補だったのですよね。でも女性宮司を認めない神社本家の方針で宮司になれず、神社界から去ったとうかがっています」

そういう神職がいた話は聞かされていたが、美鈴さんの祖母だったなんて。清宮くんたちが来る前に聞かされてはいたものの、改めて驚いてしまう。

「笙子さんに代わって宮司職に就いたのは、弟の詠吾さんでした。琴子さんのおじいさまに当たる方ですから、美鈴さんは琴子さんの再従姉妹《はとこ》になりますね。お二人の目の雰囲気が似ていることも頷けます。壮馬さんは、美鈴さんを見て琴子さんの目を連想したこともあるそうですよ。琴子さんにも確認しました。笙子さんと直接の面識はないけれど、写真で見たことはあるそうです。美鈴さんには笙子さんの面影がある。だから琴子さんは、どこかで会ったことがあると思ったんです」

——あの子は私の再従姉妹だったのか。御神体のことで頭が一杯で気づかなかった。不覚！

琴子さんは拳を握りしめ悔しがっていたけれど、写真でしか知らない大伯母《おおおば》の孫娘の目に見覚えがあると思ったのだ。お得意の勘が、立派に働いている。

「当社には、義経流の剣術の使い手がいたと聞きました。笙子さんもその一人だったんです。既に廃れかけていて継承する人がいない中、笙子さんは宮司になって再興したいという思いもあって、若いころから修練していたそうです。

聖哉が剣道の師匠《せんせい》について話したとき、美鈴さんが強引に遮ったのはこれが理由。聖哉が話し続ければ、おばあさまが藤森笙子だと気づかれると思ったのでしょう。ちなみに聖哉は、義経流の剣術の形《かた》を少し見せてもらったことがあると言っていました」

「信じられない」

美鈴さんの声はかすれていた。

「私のおばあちゃ……祖母が藤森笙子だと見抜かれるなんて。根拠は、私と琴子さんの目が似ていることと、聖哉の話を遮ったことくらいでしょう。すごすぎる。まるで神さまの啓示を受けたみたい……」

見開かれた目が、拝殿の方角へおそるおそる向けられる。

違うんだけどな……。本当のことを教えた方がよいか迷っていると、雫が言った。

「啓示ではありませんよ。教えてもらったんです、光貴さんから」

「へ？」

低めの地声を裏返らせる美鈴さんとは対照的に、雫は冷たい声音のまま続ける。

「光貴さんは、美鈴さんに笙子さんのことを口止めされていたそうですね。でもわたしが悩みごとを解決したお返しということで、いろいろ教えてくれました。ご両親は喫茶店の経営、光貴さんはアイドルで忙しいので、美鈴さんは自然とおばあちゃん子になった。今年の五月、笙子さんが亡くなったときは思い詰めた顔をしているように見えた。かなしんでいるのだと思ったけれど、その後で急に神社でバイトを始めたことが気にかかる。自分たちが正式参拝することも嫌がっているし、源神社になにかしようとしているのかもしれない——そう心配していました」

これが光貴さんがしてくれた「大事な話」だ。

光貴さんとしては、祖母がいいやめ方をしなかったとしても昔の話だし、千歳さんが望むから源神社に正式参拝したくはある。神前結婚式も希望している。ただ、「妹がご迷惑をおかけしているようなら控えます。その場合は遠慮なくおっしゃってください」と言ってもくれた。

「笙子さんが亡くなる前に、美鈴さんは当社に関してなにか言われたのではありませんか。それが御神体の盗難につながったのではありませんか」

雫には答えず、美鈴さんは顔をしかめた。

「光《みー》ちゃんめ。黙っててくれる約束だったのに」

「光《みー》ちゃんと呼んでるのですか。兄妹《きょうだい》仲がよさそうで微笑ましいです」

「どうだっていいでしょ。だいたい、光《みー》ちゃ……兄から聞いたなら、もったいつけてないで最初からそう言えばいいじゃない」

「それもそうですね。失礼しました」

雫は氷の仮面でも被っているかのように、表情を微塵も動かさず頭を下げた。美鈴さんの猫目がつり上がる。

「本気で謝ってるのか、私をからかってるのかわからない」

「もちろん前者です」

「その一言も含めて、私をからかってる気がするんだけど」

「うがちすぎですよ。聖哉が昔から言っているそうですが、もう少しすなおになった方がいいです」

「なんであなたにそんなこと言われなきゃならないわけ？」

雫が言葉を紡げば紡ぐほど、美鈴さんの猫目はつり上がっていく。肩をいからせる様は喧嘩中の子猫のようで、「ふーっ！」という唸り声が聞こえてくるかのようだった。

清宮くんが、美鈴さんの肩に右手を置く。

「笙子さんがこの神社の神職だったなんて、全然知らなかったよ。わざわざ門下生に教えたい話でもなかったんだろうな。もうばれちゃったんだし、さっさと謝って御神体を返すんだ」

「全然驚いてないみたいだね。聖哉もいまの話を知ってたの？」

「さっき雫にＬＩＮＥで教えてもらった。一緒に謝ろうと思って、こういう恰好をしてきた」

清宮くんが左手でジャケットの襟をつまむと、美鈴さんは肩に置かれた手を振り払った。

「謝るつもりも、返すつもりもない。まだ祖母との関係がばれただけ。それだって雫さんは、兄に答えを教えてもらった。自力ではなにもしていない」

「わたしは光貴さんに教えてもらう前から、薄々察してましたよ」

「嘘つき」

美鈴さんの目がさらにつり上がる。唸り声どころか、いまにも猫パンチを繰り出しそうな勢いだ。雫は、凍りついた湖面を思わせる口調で言う。

「どう思うかは自由ですが、美鈴さんが犯行声明を置いた理由もわかっています」

次の瞬間、美鈴さんが変貌した。

いからせていた肩から力が抜け、つり上がっていた目はもとの角度に戻る。唸り声が聞こえてきそうだった口許には、穏やかではあるけれどあたたかみが一切感じられない笑み。

喧嘩中の子猫が、アンドロイドに上書きされた。目の前で瞬時に別人に入れ替わってしまったような変貌ぶりに、たじろいでしまう。

「もう少し引っ張るつもりだったから驚いてる。それがわかったなら、盗んだ方法もわかったんじゃない？」

「はい。これから解き明かしてみせます。現場の方が説明しやすいですし、義経公の御前でお話ししたいので、本殿へ行きましょう」

声音までプログラムに従って発声するアンドロイドに戻った美鈴さんに頷き、雫は颯爽《さっそう》と立ち上がった。清宮くんが美鈴さんを連れてくる前に、雫から「今夜中に決着をつけます」と聞かされていたが、いきなり謎解き《クライマックス》に突入するとは思わなかった。

「本当に解き明かしていいのかしら？」

思わせぶりな挑発とともに、美鈴さんも立ち上がる。

清宮くんは研ぎ澄まされた刀を思わせる、張りつめた顔をしていた。

2

「すごい」

本殿の御扉が開かれるなり、清宮くんは惚けた声で呟いた。整然と並べられた刀剣や鎧兜に目を奪われている。三月、初めてこの光景を見たとき、自分も似たような反応をしたことを思い出す。休みの日以外は朝拝と夕拝で一日二回足を踏み入れているので、さすがに慣れたが。

それだけに、私服を着た部外者が二人もいることに違和感を覚えずにはいられない。

俺たち四人に加えて、兄貴もいる。武具の中には美術品として価値の高いものもあるらしいし、原則、本殿には神社関係者以外が入ることは許されないので立ち会ってもらうことになったのだ。

兄貴は軽快な足取りで奥にある神棚の前まで行くと、こちらを振り返った。

「立場上ここにいるけど僕のことはいないと思ってくれていいよ、若人《わこうど》たち」

お気楽な調子でぱたぱた手を振られても、存在感がありすぎる。

なお、琴子さんは草壁家に残っている。「いろいろ考えちゃうし、美鈴さんも私と顔を合わせづらいだろうから任せた」とからから笑ってはいたけれど、いつもと較《くら》べて声に張りがなかった。

美鈴さんは、軽く腕組みをして兄貴を見遣る。

「随分と余裕ですね、栄達さん。雫さんをとめなくていいんですか？」

「任せてるからね。よろしく、雫ちゃん」

「はい、宮司さま」

頷いた雫は、本殿の中央にすっくと立ち、美鈴さんを見据えた。雫が見上げる恰好になるが、凛とした眼差しが身長差を感じさせない。開け放したままの本殿の御扉から、鈴虫の鳴き声が染み込んでくる。

数秒の沈黙を挟み、雫は口を開いた。

「状況を整理します。本殿の御扉は、朝拝と夕拝のとき以外は閉じられていて、鍵は社務所の事務室にある。御神体が祀られた神棚の御扉も同様。美鈴さんが本殿に入るチャンスがあったのは、①御扉が開かれたままになる夏越大祓式当日、②『浦安の舞』の稽古で七夕祭りまで通っていた期間、のどちらかです。

②に関しては、稽古期間中、美鈴さんが長時間一人になったことはないと芽依さんが証言しています。前夜にふくらはぎを攣ったので、七夕祭り当日、わたしたちが慌ただしくしている隙をついて本殿に忍び込むこともできない。よって、チャンスは①に限定されます」

「さすが雫さん。理路整然としてるね」

乾いた拍手を送る美鈴さんを見て、不安を伴った疑念が芽生えた。

言うまでもなく、犯人は犯行方法を突きとめられたら困るはずだ。なぜ美鈴さんは、こんなに楽しそうなのだろう。微笑みの形になった口許は、犯行方法が解き明かされることを待ち望んでいるようにすら見える。

雫は、美鈴さんの拍手には無反応に続ける。

「夏越大祓式の日、美鈴さんは拝殿で琴子さんに目撃されています。なにをしているのか訊かれると本殿に入ったと答えたそうですが、よく考えるとこれは不自然です」

「特にそうは思いませんけど」

いまの美鈴さんの態度の方がよっぽど不自然だ、と思いながら言った俺に、雫は返す。

「このとき本殿で御神体を盗んだなら、咄嗟に『拝殿にしか入っていない』と言い訳するのではないでしょうか。目撃されたのは拝殿なのですし」

言われてみれば。

「美鈴さんが動揺のあまり、つい本当のことを言ってしまった可能性もあります。でも琴子さんによると楽しそうな顔をしていたそうですから、それは考えづらいです。美鈴さんが本殿に入れたのは、このときだけ。となると、こう考えるしかありません。

美鈴さんは、琴子さんにわざと目撃された。本殿に入ったことを伝えるために」

犯人がわざわざ自分が疑われるようなことをするはずないでしょう、と反論しかけたが、美鈴さんは温度のない笑顔で頷いた。

「わかってくれてうれしい」

なんでうれしいんだ？　犯行方法の解明を待ち望んでいるように見えることといい、訳がわからない。

「雫さんがなにを言ってるか理解できないようですね、壮馬さん。でも、これから説明してくれますよ。あの日、私がなにをしたのか。そうしたら、私が疑われたかった理由もわかります」

美鈴さんは楽しげな眼差しで、雫に先を促す。

「琴子さんによると、拝殿で目撃された美鈴さんはなにも持っていなかったそうです。神棚の鍵は事務室から持ち出されてなかったし、警報も解除されていませんでした。壮馬さんが、ピアノ線なら警報を鳴らさず神棚の御扉の上下にある隙間を通せることを確認しています。でも御神体が収められた木箱は紐で結ばれていました。言うまでもなく、ピアノ線では紐をほどいて御神体を木箱から持ち出した後、結び直すことはできません。

ただ、逆に言えばピアノ線程度の太さのものなら差し込めるということ。美鈴さんはそうしたんです。ピアノ線よりも細いもの――いえ、この場合は薄いもの、紙を差し込みました。もし警報が鳴っても『転んで神棚にぶつかった』など適当な言い訳をすればいい。美鈴さんにとっては幸いなことに、警報は鳴りませんでした。そのとき差し込まれた紙が、これです」

雫が白衣の懐から、折り畳んだ犯行声明を取り出す。

犯行声明の入れ方はわかった。意外性はない。問題はその後、御神体を盗んだ方法だ。見当もつかない。この半年、謎を解き明かす雫を何度も間近で見てきたが、今回が一番鼓動が速くなっている。

アンドロイドの笑みを口許に貼りつける美鈴さんを凍てついた眼差しで見据え、雫は言った。

「美鈴さんがしたことは、それだけです」

「え？」「は？」

俺と清宮くんが、そろって間の抜けた声を上げた。少女二人は表情を変えずに対峙《たいじ》したまま、なにも言わない。御扉から染み込んでくる鈴虫の鳴き声が大きくなった気がした。

仕方なく、俺は言う。

「犯行声明を置いただけだと、御神体は盗めませんよ」

我ながらなんて当たり前のことを言っているんだろう。雫は美鈴さんを見据えたまま頷いた。

「もちろんです。でも美鈴さんは、ほかにはなにもしていません」

「だとしたら木箱はもともと空だった、早い話、御神体がなかったことになるじゃないか」

我に返った清宮くんが言うと、美鈴さんは笑い声を上げた。地声が低めなのにこんな声を出せるのか、と驚くほど甲高い、楽しくて仕方なさそうな声だ。

なのに、なにか大切なものが欠けているようで、ぞくりとした。

本殿に美鈴さんの笑い声が鳴り響く中、雫は言う。

「そのとおりですよ、聖哉。美鈴さんが犯行声明を置いた時点で、御神体は木箱の中に存在していなかった。そうとしか考えられません」

息を呑んだ俺は、兄貴に顔を向ける。兄貴は肩をすくめた。

「僕のことはいないと思ってくれていい、と言ったじゃないか」

「御神体はあると言ったよな」

兄貴の口調があまりに普段と変わらないので、雫の前なのに敬語が抜けてしまう。美鈴さんの笑い声が、リモコンの停止ボタンを押したようにぴたりととまった。

「そんなこと言ったんだ、栄達さん。嘘ではないんですよ、壮馬さん。昔は確かにあったんだから。でも、いまはない。御神体は祖母が授けられて埋めたの。義経終焉《しゅうえん》の地——平泉に」

一際大きな笑い声を上げてから、美鈴さんは祖母——藤森笙子について語り始める。

＊

宮司争いに敗れ神社界を去った笙子さんは、親族とも一切の縁を切った。夫が一流企業に勤務していたので食べていくには困らなかったものの、完全に家庭に入ることには抵抗があって、東神奈川に道場を開いて剣道を教えることにした。義経流の剣術を修得していた関係で、剣道の腕前は師範級だったのだ。

笙子さんが考案した義経流に基づく稽古は評判がよく、多くの門下生が集まった。笙子さんの明るい人柄も大きかっただろう。小さいながらも活気のある道場は、笙子さんに孫ができる年齢になった後も続いた。

美鈴さんは身体を動かすことが得意ではなく、剣道をやることはなかったけれど、「おばあちゃんに会いたい」という思いから頻繁に道場に顔を出した。門下生たちとも仲よくなった。その中には、清宮くんもいた。

笙子さんが神職時代について話すことはほとんどなく、美鈴さんは源神社に奉務していたこと以外、ずっと知らないままだった。神社とはまったくかかわっていない両親から「あまりいいやめ方をしなかった」となんとなく聞かされたくらいだ。源神社のことを笙子さんが気にしている様子もまったくない。

もう何十年も前のことだから、とっくに吹っ切れているのだろう。そう思って、美鈴さんは祖母と神社の関係について深く考えることはなかった。祖母が神職だったことすら、ほとんど意識していなかった。

三年前、草壁栄達——俺の兄貴が、源神社の宮司になるまでは。

兄貴が宮司になってから、源神社はメディアに取り上げられる機会が急に増えた。直接のきっかけは、高齢出産した芸能人が持っていた安産祈願のお守りが話題になったことだ。もともと観光名所ではあったが、安産祈願目当ての参拝者や地元の人も訪れるようになり、人気は急上昇。

このころから笙子さんは、源神社の話を頻繁にするようになった。

テレビや新聞、ニュースサイトで源神社の名を目にする度に「古巣がこんなになるなんて。よくやってるねえ」と感嘆の息をついた。一方で、「安産祈願のお守りもいいけど、つくられたブームはすぐ終わる。その後どうするんだろうねえ」とも言っていた。

そういうときの笙子さんの口許には、いつも微苦笑があった。

笙子さんの予想に反し、源神社はその後、桜の枝と葉の重なり合う様子が「源義経が静御前《しずかごぜん》をお姫さまだっこしているように見える」とInstagramを中心に話題になり、縁結びのパワースポットとしても人気になる。

「私の見る目がなかった。参った参った。いまの宮司は特に宣伝してないのに、勝手に噂が広まって、縁結びのパワースポットになったみたいだね。神風が吹いてるね」

笙子さんは源神社の名を目にしなくても、感に堪えない様子で言うようになった。

何度も何度も、繰り返し。誰もなにも言っていないのに。美鈴さんが「もう何回も聞いたよ」と軽く抗議しても。

とはいえ美鈴さんは、笙子さんの話を真剣には聞いていなかった。そもそも神社に、あまり関心がない。おばあちゃんが昔働いていた職場がどうなろうと自分には関係ない。

しかし、五月五日の夜。

晩酌がだいぶ進んだところで、テレビのローカルニュースで源神社の「子ども祭り」の様子が報じられると、笙子さんは「私がいたときより、ずっと盛り上がってる」と呟いた。口許には、いつものように微苦笑。

ぐい飲みにさらに酒を注《つ》ぐ笙子さんに、美鈴さんは「もうやめなよ」と声をかけた。アルコールには強い笙子さんだったが、身体にガタが来て道場を畳んでから、めっきり衰えている。それでも飲もうとするので美鈴さんが腕をつかむと、笙子さんは仕方なさそうにぐい飲みを卓袱台に置いた。

そのまま流れるように、美鈴さんを抱きしめてきた。

酔っ払っているんだと思い、笑いながら腕を振りほどこうとする美鈴さんの耳許で、笙子さんは囁いた。

「本当はね、私が源神社の宮司になるはずだったんだよ」

酔っ払いの声ではない。でも、いつもの笙子さんとも違う。

美鈴さんが初めて耳にする類いの、鼓膜を切り裂くような声だった。

「当時の宮司——美鈴の曽おじいちゃんも、本当は私を宮司にしたがっていた。神社本家の方針に従わなくてはいけないことを無念に思っていた。だから密《ひそ》かに、御神体を託してくれたんだ」

「ゴシンタイ……?」

そのときは頭の中で「御神体」と変換できず妙な発音になってしまったが、笙子さんは「そうだよ」と頷いた。

「源神社に祀られている今剣のことだよ。義経公が生涯持ち歩き、自刃したときに使ったとされる守り刀。源神社の宮司が、身命を賭して守るべしという掟を課せられたもの。『本来なら宮司になるべき、お前こそが持っているのにふさわしい』と言って父が、私に手渡した。御神体は何《なん》人《ぴと》たりとも見てはいけないから、布に包んでね。『今剣・全』という再合成されたと伝えられている刀だけあってずしりと重くて、責任を感じたよ。でも私は、神社界と縁を切った身。お祀りすることができなくて義経公に申し訳ないから、平泉に埋めた」

笙子さんは言うだけ言うと、美鈴さんから離れた。目が合う。

自分とよく似た猫目は闇を垂らしたように真っ黒で、美鈴さんは動けなかった。

「いまの源神社は、まがい物なんだよ」

その呟きを最後に、笙子さんはふらつきながら寝室に行ってしまった。いまの話は本当なのか、嘘なのか。それを確かめる機会が美鈴さんに訪れることはなかった。

笙子さんが、そのまま目を覚まさなかったからだ。

心臓発作による急死だった。

＊

「あーあ、やっと話せた。ストレスだったんだよね、盗んだわけでもないのに『盗んだ』なんて言うのは。そうでもしないと雫さんが本気で調べてくれないから、仕方なかったんだけど」

わざとらしく伸びをする美鈴さんに、清宮くんが言う。

「冗談だったんじゃないか。笙子さんは『一億円拾った』とか『横浜駅でファッション誌にスカウトされた』とか、突拍子もないことをよく言ってたし」

「おばあちゃんのあの真っ黒な目を見たら、そんなこと言えるはずない」

「迫真の演技だったんだよ。それを美鈴が本気に――」

「相手が本気にしたら、おばあちゃんはすぐに『冗談だ』と明かしてたよね。『いくら冗談でも騙し続けることはよくない』と言ってたよね」

口を閉ざしかけた清宮くんだったが、一歩前に踏み出すのと同時に言う。

「こうは考えられないか。笙子さんは――」

「実際に御神体はなかったんだよ?」

美鈴さんが神棚を指差すと、清宮くんは今度こそ口を閉ざした。代わるように、雫が言う。

「笙子さんが亡くなった時点では、御神体を授けられた話が本当か、美鈴さんは確信を持てなかったはずです。だから犯行声明を置いたんですよね」

意味がわからなかったが、美鈴さんは満面の笑みで頷いた。

「おばあちゃんが御神体を授けられた本来、宮司になるべき神職――正統な宮司なら、絶対そのことを証明してあげたい。いまの源神社に御神体がないのがわかればいいんだ。そう思って、御神体についていろいろ調べた。神社にとって最も神聖なもので、祀られている建物に部外者は出入りできないし、仏像と違って参拝者に開帳される機会がないこともわかった。このままだと、夏越源神社に御神体があるかどうかわからない。なんとか調べられないかと思っていたときに、夏越大祓式で巫女のバイトを募集していることを知ったの。すぐに申し込んだよ。面接では神社に興味があるふりをして、必死に話を盛り上げた。栄達さんも楽しそうでしたよね。その節はありがとうございます」

兄貴に芝居がかった一礼をして、美鈴さんは続ける。

「研修で来たときに、普段は閉じられている本殿の御扉が、夏越大祓式の日はずっと開かれていることを知った。最初は、その日に中に入って神棚をこわして、御神体がなくなっていることを証明してやろうと思ったの。でもそんなことをしたら警報が鳴るみたいだし、取り押さえられたらチャンスは二度とない。だから神棚に、犯行声明を入れることにした。その辺に貼ったり、郵便で送りつけたりしても相手にされないかもしれないけど、神棚の中にあったらまじめに取り合わないわけにはいかないはず。

おばあちゃんに授けられたなら、神棚の中に御神体はないから『盗まれた』と大騒ぎになる。でもおばあちゃんの話が冗談なら御神体はあるから、性質《たち》の悪いいたずらで済まされると思った。

夏越大祓式の後、何日か待っても騒ぎになっている様子はないから、おばあちゃんの話は冗談だったかもと思いかけた。でも御神体がないことを隠すため、犯行声明を見なかったことにしているだけかもしれない。別のものを御神体だということにして祀っているのかもしれない。なんとか情報がほしくて、福印神社で巫女のバイトを始めた。神社界にいれば、なにかわかるかもしれないと思ったから。七夕祭りの巫女舞の話が来たときは、無理を言って芽依さんと一緒にヘルプに行った。運動神経がよくないから舞ができなくて苦労して、最後にはふくらはぎを攣っちゃったけど、まだ犯行声明が見つかってないらしいとわかって安心したよ」

神社は、お社ごとに習慣やルールが異なる。「神棚の御扉を開けるのは三ヵ月に一度」も源神社独自のものだ。美鈴さんが知らなかったのも無理はない。

「聖哉から、源神社でバイトしたときなにかしたのか訊かれたときは小躍りしそうになったわ。琴子さんに『本殿に入った』と言っておいたおかげで、容疑者にもなれた。あとは雫さんを挑発して謎解きさせて、『いま御神体はない。しかも厳重に管理されているので私はもちろん、誰にも盗むことはできない。よって、もともとなかった』という結論に導くだけでよかった」

雫《探偵》に「御神体の不在」を証明させる——それが美鈴《犯人》さんの目的。動機は、祖母——藤森笙子こそ御神体を授けられた源神社の真の宮司であることを白日の下に曝すこと。すべては、そのために仕組んだことだったのか！

美鈴さんは脅迫状を置いただけで、盗んだ犯人は別にいるのでは？　俺のその考えは、結果的には正しかった。美鈴さんに言わせれば、笙子さんが正式に授けられたものであって、盗んだことにはならないのだろうけれど……。

「『盗んだ』と嘘をついたことは謝る。でも御神体にふさわしい扱いをしていると言ったのは本当だったでしょう。義経終焉の地に埋めるという、これ以上ないふさわしい扱いをおばあちゃんがしたんだから。継ぐべきでない人が宮司をやっている神社に祀られているより、ずっといい。御神体を見てはいない、という言葉も本当だったよね」

美鈴さんは勝ち誇っているが。

「御神体はあると言ったよな。夏越大祓式の日の朝も、あるのを確認したんだよな」

先ほどと同じ言葉遣いで問うと、兄貴は心外そうに首を横に振った。

「言葉は正確にね。僕は『御神体は確かに存在する』と言ったんだよ。夏越大祓式の日の朝だって、『無事に存在している』ことを確認しただけだ」

「どう違うんだよ！」

「違うもなにもない、栄達さんの見栄《みえ》でしょう。本当は御神体がないことを知ってたけど、神職たちの手前、犯人さがしをしないわけにはいかなかった。雫さんに任せても、解決しないことを願っていた。犯人が笙子の孫娘だとわかってからは必死に動揺を隠している。いまもね」

美鈴さんは顎を上げて兄貴を見据える。

「源神社の宮司たちはずっと、ないはずの御神体があるように振る舞ってきただけ。そのことが明らかになりましたね。まず、嘘をついていたことを氏子さんたちに謝ってください。それから認めてください。おばあちゃんこそが、源神社の正統な宮司だったことを！」

3

「それが美鈴ちゃんの要求？」

兄貴の声は、本当に普段と変わっていなかった。美鈴さんは大袈裟に肩をすくめる。

「余裕のふりをしてるけど、これで源神社の現体制は正統性を失いましたよね。栄達さんにだって、宮司を名乗る資格はありませんよ。身命を賭して御神体を守るべし、という掟を破ってるくせに、素知らぬふりをしてきたんですから」

「それで僕のことを『宮司』じゃなくて『栄達さん』と呼ぶようになったのか。きっちりしてるなあ、美鈴ちゃん」

感心してる場合か！　焦る俺に追い討ちをかけるように、美鈴さんは「いまの源神社に正統性がないことがわかっていたから、兄たちに正式参拝させたくなかったんです」と言って、先ほど以上に甲高い笑い声を上げた。全身から汗が噴き出しかけたが、美鈴さんの表情に気づいた瞬間、身体の芯から冷たくなる。

「私は、おばあちゃんに甘えっ放しだった。小学校で化け猫女といじめられたとき、猫目がかわいいって慰めてくれたのに。『無理に学校に行かなくてもいい』って、先生やお父さんたちを説得してくれたのに」

おそらくは笙子さんと同じくらい美鈴さんを支えたであろう清宮くんが、奥歯を強く嚙みしめる。その姿を視界の片隅に置いて、俺は美鈴さんを見つめ続ける。

「聖哉に告白する勇気がなかったときだって、おばあちゃんが背中を押してくれた。なのに私は、おばあちゃんが源神社のことをどう思っているか全然わかってなかった。栄達さんが宮司になってから、あんなに源神社の話を繰り返してたのに。どんな気持ちでほめ言葉を並べていたのか、気づくチャンスはいくらでもあったのに。遅くなったけど、おばあちゃんの無念を晴らせてよかった」

よかった、という顔じゃない。唇は青紫色の口紅を塗りたくったように血の気《け》が失せ、瞳の下には涙の膜が膨れ上がっている。

――わたしは、お姉ちゃんの気持ちがわかってなかったの！

夏越大祓式の後、夜の境内で叫んだ雫の姿が思い浮かんだ。

「御神体があった方が、よかったんじゃないか」

気がつけば、俺はそう言っていた。美鈴さんは「え」と感情の抜けた声を上げたきり、口をぽかんと開けて動かなくなる。涙の膜が水滴となって、両方の瞳からぽろりと落ちた。それが合図となったように右手で両目を拭った美鈴さんは、ウエーブがかかった髪が振り乱れるほど何度も首を横に振る。

「そんなはずないでしょう。おばあちゃんが正統な宮司だと証明できたんですから」

甲高い笑い声が戻ってくる。でも唇は相変わらず青紫色で、瞳には再び涙の膜が膨れ上がっていった。その姿を見て理解する。

藤森美鈴はアンドロイドなんかじゃない。後悔にまみれた、ただのおばあちゃん子だ。

さっきまでは笙子さんのことを「祖母」と呼んでいたのに、「おばあちゃん」になっていることにも気づいていないようだ。

雫に目を向ける。この子は「御神体を見つける」という自分の仕事を果たしただけだ。でも、こうなることがわからなかったのか。ほかに解決の道はなかったのか。

雫は俺の方を一顧だにせず、美鈴さんに言った。

「聖哉が正しいです。笙子さんは、冗談を言っただけです」

「あきらめが悪いなあ」

美鈴さんはあきれた声で言うと、再び両目を拭った。

「御神体が存在しない以上、おばあちゃんの話は冗談ではない。それは証明されたはず」

美鈴さんの突き刺すような語調に動じることなく、雫は兄貴を見遣った。兄貴はわずかに目を眇める。

「もしかして雫ちゃん、御神体の正体に気づいちゃった?」

「はい」

「驚いた。雫ちゃんは僕が考えていた以上の名探偵だったんだね」

「話してしまってよろしいでしょうか、宮司さま」

「掟を一つ破ることになるけど仕方ない。雫ちゃんに任せると言ったし、もう隠せないしね」

訳がわからない俺たちを置き去りに、雫はまず兄貴に、次いで神棚に一礼して美鈴さんに向き直った。

「御神体は確かに木箱に入ってませんでした。でも、存在はするんです」

「なに、それ? 禅問答でごまかすつもり?」

美鈴さんが鼻を鳴らしても、雫は動じない。

「当社の御神体は、この場にいる人なら何度も目にしたことがあるものなんです」

「御神体は、何人《なんぴと》たりとも目にしてはいけないんじゃなかったっけ?」

「原則はそうですが、岩や山など、誰の目にも触れられる自然物を御神体とする神社もありますよ。源神社もその一つなんです。御神体とされる今剣は」

一つ息をつき、雫は厳かに告げる。

「横浜の海のことなんです」

「今剣は、横浜の海」

呟いてみたが、意味が頭に入ってこなかった。清宮くんも同様らしく、「不意打ちを受けた美少年」というタイトルをつけたくなるような表情で固まっている。美鈴さんも、顔を笑みの形にしたまま微動だにしない。

「今剣は、信頼に値する史料がありません。義経公が自刃に用いた話以前に、実在が疑わしいです」

「ちょ……ちょっと待ってください！」

さすがに我に返った。

「雫さんは、今剣が御神体でも不思議はない、と言いましたよね？」

「不思議はないと言っただけで、御神体が今剣だとは言ってません」

それはそうだけど……。

美鈴さんも我に返ったらしく、飛びかからんばかりの勢いで雫に迫る。

「御神体が今剣じゃないとしても、どうして海なの？　ほかの刀だと考えるのが自然じゃない」

「此《こ》の地に今剣を鎮めん

変化《へんげ》自在にして、放光永劫《えいごう》なり」

雫が口にしたのは、境内の石碑に刻まれた今剣の伝承だった。

「変化自在、放光永劫というのは、剣よりも海を示唆していると思いませんか。そう考えると『鎮める』は、本来は海に『沈める』だったものが誤記されたのかもしれません。実の兄である頼朝公に討たれ、非業の最期を遂げた義経公の魂がこもった今剣ですから、この文字を使用しても不思議はないです。印刷がなかった時代の文献には、そういうことが往々にして起こっています。今剣の長さに関しても、六尺五寸と六寸五分が混在してますからね」

そういう風に考えられなくもないが……。

「義経公は、海を舞台にした戦《いくさ》で名を馳せたお方。元町近辺は埋め立て地が多く、中華街も昔は海でした。源神社からも、大洋につながる青く煌《きら》めく入海が見渡せたはず。しかも横浜、川崎近辺は義経公と縁《ゆかり》がある。だから海を、義経公が宿る御神体として祀ることにしたのでしょう。義経公が終生持ち歩いたとされる守り刀、今剣の名称を冠した刀を沈めることで。本当に今剣だったかどうかは、いまとなっては確かめようがありませんけれど。『今剣・全』という再合成された重たい刀とされているのは、海に確実に沈んだことを示すため」

「……なるほど、そういうことか」

美鈴さんは、小ばかにするための拍手をした。

「雫さんの話はおもしろいけど、『そういう解釈もできる』というだけ。それでも『御神体は海』で押し通すつもりなんでしょう。そうしたら、おばあちゃんが御神体を授けられた話は嘘だと言い張れるものね。源神社の正統性は失われないし、栄達さんの責任問題にもならない。必死に頭を捻ったんだろうね。でも証拠があるならまだしも、そんな斬新すぎる解釈を信じる人がどれだけいるかな？　それよりは、私の話に耳を傾ける人の方が多いよ。本当に御神体が海なら、犯行声明を見つけたときに栄達さんがそう言わなかったことも不自然だしね」

「逆に言えば証拠さえあれば、御神体が海だと信じるんですね」

「まあね」

「御神体が海だったら、笙子さんの話は冗談だったと認めるんですよね」

「やけに念押ししてくるね」

美鈴さんの目に警戒が滲む。雫は再び、兄貴を見遣った。

「遷宮の動画は残っていますか」

「もちろん」

兄貴は白衣の懐からスマホを取り出すとロックを解除し、「自由にいじっていいよ」と雫に手渡した。雫は人差し指をすばやく動かすと、美鈴さんにディスプレイを向ける。

「これをご覧ください」

俺と清宮くんの位置からもディスプレイが見える。黒い冠を被り、青い袍と紫色の袴を纏った神職――三代前が境内を歩く姿が映る。美鈴さんは身体をゆすって笑った。

「いい動画よね。ちらりとしか映ってないけど若い日のおばあちゃんを観ることができたし、『おばちゃん』と呼びかけられたりして、子どもに好かれていることもわかったし」

美鈴さんが瞬きすらせず動画を見つめていた理由はこれだったのか。俺がいくら動画を観たところで、わかるはずがなかった。

「で？　これのどこが証拠なの？　ひょっとして、雫さんにしか見えない証拠なのかしら？」

「ここです」

美鈴さんの挑発を無視して、雫は人差し指を伸ばす。指し示されたのは琴子さんと美鈴さんの曽祖父こと草壁弦雄――三代前の宮司が両手に掲げた木箱だった。氏子さんたちが固唾を飲んで見守る中、三代前は両手で、年齢の割に軽々と木箱を持っている。

雫はディスプレイをタップし、動画を停止させた。

「おわかりですか」

さっぱりわからない。美鈴さんの言うとおり、どこが証拠なんだ？　清宮くんも視線で雫に説明を求めている。

でも兄貴は「さすが」と呟いた。

「あ」

美鈴さんが声を上げる。たった一音なのに、受けた衝撃がまとめて伝わってくる声だった。ひったくるように雫からスマホを奪った美鈴さんは、少し戻して動画を再生させる。清宮くんと一緒に後ろから覗き込んだが、やはり三代前が木箱を掲げて歩いているだけだ。なのに美鈴さんの身体は、目に見えて硬くなった。

「気づいたようですね」

雫は告げる。

「この時点で三代前は、相当なご高齢です。なのに、木箱を軽々と掲げてらっしゃいます。御神体が——今剣が入っているなら、重たいはずなのに」

「あ」

美鈴さんと同じ声を上げてしまった。

源神社の御神体である今剣の正式名称は「今剣・全」。六寸五分の小刀に、本来の長さだった六尺五寸時の刀身を再合成したものだという。単純計算で、重さは二キロ以上。

もちろん、この話自体は眉唾物だ。雫の言うとおり、海に確実に沈んだことを示すための逸話かもしれないし、本当に沈められたのなら確かめる術《すべ》もない。

でも笙子さんは美鈴さんに、御神体はずしりと重かったと語っている。

御神体が重たいなら、高齢の宮司がこんな風に軽々と持てるはずがない。ということは……。

「当社の御神体は海ですから、箱に入れられるはずありません。三代前がお持ちの木箱は空ということになります」

初めてこの動画を観たとき空箱を持っているようだと思ったが、本当にそうだったのか！

雫が視線で、神棚を指し示す。

「美鈴さんは、笙子さんが御神体を授けられたから、あそこにある木箱が空だと思ったのですよね。でも木箱は、笙子さんが奉務していたときから空なんです。言うまでもなく、海を授けられるはずも、平泉に埋められるはずもありません。笙子さんのお話は冗談だったんですよ」

「嘘……」

感情の抜け落ちた呟きを漏らした美鈴さんの手から、スマホが滑り落ちた。雫はあらかじめそれを予期していたように両手を伸ばし、器用に受けとめる。

雫が兄貴にスマホを返すと、美鈴さんはひきつった顔をこわごわと向けた。兄貴はゆっくりと頷く。

「雫ちゃんの言うとおり。当社の御神体は今剣とされているけど、本当は横浜の海だよ。かつては世間に海であることを公表していたけど、現代では秘匿することが代々の宮司に申し送りされている。理由はわからない。記録によると幕末までは公表していたようだから、開国して、寒村だった横浜が急激に栄えたことや、異国から入ってきた人々を警戒していたことが関係しているのかもしれない。本当のところは不明だ。横浜は震災や空襲で史料が焼失して、歴史が失われた街だからね」

一九二三年九月一日の関東大震災、一九四五年五月二十九日の横浜大空襲。この二つは、横浜に壊滅的な被害をもたらした。子どものころから横浜に住んでいるので、灰燼《かいじん》と化した街の写真は折りに触れて目にしている。

いまの横浜からは想像もできない焼跡と瓦礫《がれき》の山は映画のセットのようで、何度見ても俺がいる現代《いま》と地続きであることが信じられない。実のところ、いまも信じられないでいる。

どちらのときも源神社は奇跡的に無傷だったらしいが、当時はかなりの混乱があったはず。御神体に関する記録が失われてしまったのも無理はない。

「神棚と木箱は、御神体が海であることを隠すため明治に入ってからつくられたものだ。御神体に準ずるものとして、丁重に扱ってはいるけどね」

「雫さんたちには、海だと明かさなくても『御神体は自然物だから盗めるものではない。心配ない』と言っておけばよかったのに……なんで？　そうしたら犯人をさがす必要もなくて、御神体が海だと知られずに済んだじゃないですか。そうまでして、犯人を見つけたかったの？」

独り言と質問が混在した口調で呟く美鈴さんに、兄貴は「もちろん」と即答した。

「犯人を見つけて、どうして犯行声明を置いたのか教えてほしかった。わざわざ神棚の中に差し入れるなんて、ただのいたずらとは思えない。苦しんでいることがあるなら解決してあげたかった。義経公もそれを望んでいると思った。秘匿すべしという掟を破って、御神体の正体を知られることになってもね」

「御神体が盗まれたことが氏子さんに知られたら、責任問題になるとは思わなかったんですか？」

「こう見えて、いざとなると後先考えないタイプなんだ。御神体が海であることを内緒にしてくれれば、それで構わないよ」

軽く肩をすくめる兄貴に、胸の奥がじんわりあたたかくなっていった。

美鈴さんの瞳の下に、新たな涙の膜が膨れ上がる。でも首を横に振ると、自分を戒めるように唇を噛む。

「おばあちゃんは、冗談だと言ってくれなかった。どうして……」

「さっき言いかけたんだけどさ」

清宮くんは、自分以外は視界に入れさせないと言わんばかりに、美鈴さんの目の前に立った。

「御神体の話をしたとき、笙子さんは随分と酔っ払ってたんだろう。年のせいか随分とアルコールに弱くなっていたし、『冗談だ』と言う気力がなかったんじゃないのか」

「気力がなくたって、おばあちゃんなら言ってくれる。冗談でも騙し続けることがよくないと思ってたんだから」

「美鈴なら、一晩くらい騙されたままでも許してくれると思ったんだ」

「そんなの、おばあちゃんらしくない」

「らしくないことをしたんだよ」

清宮くんが微笑む。

「美鈴に甘えてたから」

「――――っ！」

美鈴さんは意味を成さない声を漏らすと、力なく両膝をついた。瞳に辛うじてしがみついていた涙が頬を伝う。今度は一滴にとどまらず、いくつもいくつも。

「おばあちゃん……おばあちゃん……おばあちゃん……」

両手をだらりと垂らし、美鈴さんは同じ言葉をただ繰り返す。

4

涙をこぼし続ける美鈴さんから、俺は神棚へと視線を移した。目を閉じる。兄貴に空の木箱を手渡されたときのことが、瞼《まぶた》にありありと浮かんだ。

目を開く。

美鈴さんは大きくしゃくり上げると、ふらつきながら膝を立てた。清宮くんが当たり前のように手を差し伸べる。それを意識することなく右手で握って立ち上がった美鈴さんは、身体の前で両手を合わせ、兄貴に深々と頭を下げた。

「申し訳ありません。おばあちゃんの冗談を真に受けて一方的に恨んで『まがい物』なんて決めつけて、ご迷惑をおかけしました。琴子さんにも、合わせる顔が……」

「合わせる顔がなくても謝ろう。俺も一緒に謝るから」

清宮くんが、栗色の髪にぽんと手を置く。美鈴さんはそれを振り払うように、下げた頭を上げた。そのままの勢いで口を開きかけたが、自分の右手に視線を落とすと、頰を赤くして猫目をつり上げる。

「なんで聖哉まで謝るのよ？」

「カレシだから」

「元カレでしょ」

「関係ない。俺はいまも、君のことが好きだから」

子どもでも知っている自明の理を告げるように、清宮くんは言った。美鈴さんは「なるほどね」と頷きかけたところで動かなくなった。頰の赤が、顔全体に広がっていく。

「俺はいまも、君のことが好き——」

「繰り返さなくていい！　いまのカノジョの前で、よくもそんなことを……」

「いまのカノジョなんていない」

清宮くんが両手で、美鈴さんの右手を握りしめる。

「雫さんには、カノジョのふりをしてもらっていただけだ」

「長く一緒にいすぎて恋愛対象じゃなくなった。別れよう」

清宮くんが唐突に言った。美鈴さんが眉根を寄せる。

「なによ、それ？」

「俺を振ったとき、君が言った言葉だよ。一言一句正確に覚えている。忘れられるはずない。こう言ったときの、君の辛《つら》そうな顔も。笙子さんが死んでから様子がおかしかったし、急に神社に興味を持ち始めたのも不自然だし、絶対になにかあると思った。なんとかしたいとも思った」

「勝手に盛り上がらないでよ」

美鈴さんは清宮くんを睨み上げるが、顔は赤いまま、右手は握られたままだ。

「なにを隠しているのか何度訊いても答えてくれなかったけど、七夕祭りの後、家に押しかけたとき見た顔はますます辛そうだった。いま思えば、犯行声明が見つかる日が迫っていることを知ったからだったんだな。あの時点では、そんなことわかるはずなかった。自力ではどうしようもないと思って、雫さんに頼ることにしたんだ。参拝者の相談に乗っているという噂は、前々から聞いてたから」

「清宮くんには、七夕祭りの二日後、図書館に行く途中で声をかけられました。美鈴さんがなにか企《たくら》んでいることをできるだけ人に知られたくなくて、わたしが一人になるタイミングをうかがっていたそうです」

「雫さんはすぐにでも力を貸すと言ってくれたけど、編入試験を邪魔したら悪い。動くのは、合否が出てからということにした。無事に合格した後すぐに話し合って、雫さんの提案でつき合うふりをすることにしたんだ」

「なんで、そんな提案をしたんですか？」

口調が強くならないように気をつけながら、俺は雫に訊ねる。

「最大の理由は、わたしが清宮くんと緊密に連絡を取るためです。学校の中でも外でも一緒にいて不自然に思われないようにするには、これが最善手《さいぜんしゅ》でした。美鈴さんの動揺を誘うことも狙いです。どこから情報が漏れるかわかりませんから、このことは清宮くんとわたしだけの秘密にしました」

「なにも、そこまでしなくても」

「美鈴さんのことを考えたら、手段を選んでいられませんから」

少しでいいから俺のことも考えてほしかった！

「編入試験の勉強をしながら、ほかの手がないか検討はしましたよ。でも、これを越えるものは浮かばなかったんです」

「もしかして、合格できるか自信がなかったのは……」

「清宮くんの依頼について考えていたからです。勉強だけに集中できれば、佳奈さんの力を借りる必要はありませんでした。そのおかげで佳奈さんと仲よくなれたから、よかったですけどね」

横浜に来てから半年近く学校に通っていなかったのに、すごい自信だ。

清宮くんが苦笑いする。

「雫さんは俺に全然ときめいてくれなくて、恋人同士《カップル》に見えなかったから苦労したよ。周りから『本当につき合ってるの？』と何度訊かれたことか」

「清宮くんは美形ですから、少しはどきどきしましたよ」

「必勝祈願の件が解決した後、俺が笑ったときくらいだろう。本当に少しじゃないか。だから、せめて『聖哉』と呼ぶように言ったんだけど」

下の名前を呼び捨てするようになったのは雫の提案じゃない――。

清宮くんは美鈴さんから手を離すと、「気をつけ」のような姿勢になってから、俺に頭をきっちり四十五度下げた。

「雫さんとの関係は、全部嘘でした。隠していてすみません」

つき合っているふりをしていることは最初から察していたし、みなとみらい駅に向かう車内でにおわされてもいたから、いまさらだとは思う。

「俺に謝ることはないよ」

そう応じて、落ち着いた微笑みを浮かべもする。

でも心の中では両手の拳を突き上げ、歓喜の叫びを上げていた。

美鈴さんがぽつんと呟く。

「雫さんと、つき合ってたわけじゃないんだ」

「そうだよ。これで俺を『聖哉』と呼ぶのは、家族以外では君だけだ。ほかの誰にも、もうそう呼ばせない。昔、君と約束したとおりね」

そんな約束をしていたのか。清宮くんが事務所の意向に背いて、芸名を「セイヤ」にしなかったわけだ。

「笙子さんのため、この神社に御神体が既に存在しないことを世間に知らしめる。その目的を果たしたところで、犯行声明を置いて騒ぎを起こした君とつき合っていることがばれたら、マスコミは俺のことをおもしろおかしく書くに決まってる。だから別れると言ったんだよね。でも俺のことが好きだから、あんな辛そうな顔をしていたんだ。そういう健気《けなげ》なところが好きなんだよ」

「よ……よくそんなことを真顔で、恥ずかしげもなく言えるね」

「もっと気障《きざ》な台詞を、いくらでも言ってきたと思うけど」

「二人きりのときと一緒にしないで！　それに『辛そう』というのが聖哉の決めつけなの」

「あのときの泣き出しそうな顔を見れば、名探偵じゃなくてもそう思うさ」

「自分が私の恋愛対象じゃなくなったとは思わないの？」

「それも嘘だとすぐわかったよ。何年も一緒にいるからね」

「何年一緒にいたって――」

なにか言いかけた美鈴さんだったが、一旦口を閉ざすと息をついて頷いた。

「仕方ないね、認めるよ。聖哉の言うとおり、私は嘘をついた」

「よかったよ。やっとすなおに――」

「聖哉が私の恋愛対象じゃなくなったんじゃない、私が聖哉の恋愛対象じゃなくなったの」

安堵しかけた清宮くんの顔が硬くなる。美鈴さんは、潤んだ猫目で清宮くんを見上げた。

「私は、おばあちゃんの復讐しか考えられなくなっていた。誰にどれだけ迷惑をかけようと、関係ないと思っていた。そんな女が、聖哉にふさわしいはずないでしょ」

「俺はそんなこと気にしない」

「私が気にするの！」

「………」

清宮くんは、美鈴さんをじっと見つめていたが。

「君の気持ちはよくわかったよ。でも」

そう言うと、右手でゆっくりと黒髪をかき上げた。

「この決めポーズを一緒に考えてくれたよね。自然な動きに見えるように、いろいろアドバイスもしてくれた。俺がマスコミに『女好き』とネタにされて苦しかったときは、傍にいて支えてもくれた。君がいなかったら、俺はとっくに引退していたはずだ」

「なにが言いたいの？」

「清宮聖哉は、藤森美鈴がいないとだめだってことだよ。だから、待ってる」

「待ってる……？」

ぼんやり復唱する美鈴さんに、清宮くんは大きく頷いた。

「そうだ、待ってる。俺にふさわしいのは君しかいない、という当たり前のことに気づいてくれるまで、いつまでも」

「……本当に、なんでそんなことを真顔で言えるの？」

気の毒になるくらい顔が真っ赤になった美鈴さんは、アンドロイドではないし、もう後悔にまみれたおばあちゃん子でもない。

高校二年生の、女の子だ。

――鳥羽さんって誰？　カレシさんですか？　久遠さんのカレシさんなら、超イケメンなんでしょうね！

夏越大祓式の日、はしゃいでいた姿と、初めて重なった。

美鈴さんは顔に朱《しゅ》を残しながら、身体ごと雫の方を向いた。

「雫さんにも迷惑をかけたね。ごめんなさい。もう聖哉のカノジョのふりをする必要はなくなったわけだけど、どうするの？」

「わたしが清宮くんを振って、別れたことにします。清宮くんが振ったことにしたら、悪い噂が広まりますから。ただでさえマスコミに女好きだと思われているから、影響が大きすぎます」

「それだとあなたが、聖哉のファンになにを言われるかわからない」

「構いません。友だちがいますから」

「いくら友だちがいたって……わかった。なら私も、自分が聖哉を振ったとみんなに言うよ。聖哉の方が私を振ったという噂をそのままにしておくのは、卑怯《ひきょう》だと思ってたし。これでファンの矛先が少しは逸れるし、私は雫さんをかばいやすくなる」

「美鈴さんなら、そう言ってくれると思ってました」

「……なんだか癪だから、やっぱりやめようかな」

「美鈴さんはやめませんよ。もう少しすなおになればいいとは思いますけど、優しい人ですからね」

「やっぱりあなた、私をからかってない？」

「ですから、うがちすぎです」

「あの……話してるところ悪いけど」

少女二人の会話に、俺は割って入る。

「二人に立て続けに振られたことにしたら、清宮くんになにか問題があると思われて、それはそれで悪い噂が広まるんじゃないかな」

「俺は構いませんよ。『立て続けに女に振られた、恋愛するには問題がある男』と女子に少しくらい思われた方が、気が楽になります」

今朝食べたものの話をするような軽い口調で、清宮くんは言った。俺は「そ……そうなんだ」とひきつった顔で返すのが精一杯だ。

兄貴が朗らかな笑い声を上げる。

「盛り上がっているところ悪いけど、本来ここは関係者以外立入禁止だから、そろそろ出よう」

兄貴に促され、雫は無言で、美鈴さんは「別に盛り上がってないのに」と不満そうに言いながら本殿から出ていった。俺と清宮くんもそれに続く。

気づいていた。

本殿から出ていく雫が、俺の方を決して見ようとしなかったことに。

閉帖

本殿を後にした俺たちは、その足で琴子さんに事《こと》の顛末《てんまつ》を報告するため草壁家の居間に行った。

美鈴さんは「一緒に謝る」という清宮くんを頑なに拒否し、俺たちが見ている前ですべてを打ち明け、琴子さんに頭を下げた。声も目つきも、最初から最後まで雨に打たれた子猫のようだったけれど、話を聞き終えた琴子さんは頭を下げ返した。

「筐子さんの話は私も聞いている。随分ひどいことをされたみたいだね。祖父の詠吾は、筐子さんの方が宮司にふさわしいと思っていたから、力になれなかったことをずっと悔やんでいたよ。本人に代わってお詫《わ》びします」

再び涙を流した美鈴さんの肩に、清宮くんはそっと手を置く。兄貴は口許に微笑みを湛え、尊いものを見つめるような眼差しを琴子さんに向けていた。

白峰さんと桐島さんにも無事に解決したことと、美鈴さんを許してあげてほしいことを電話で伝える。それから清宮くんたちを見送ったり、夕飯を食べたりしているうちにすっかり遅くなってしまったが、どうしても今夜中に話をしたくて。

雫に、俺の部屋に来てもらった。

「お話というのは？」

雫が、俺の前に正座して言う。服装は、飾り気のない淡いすみれ色のシャツに、白いロングスカート。奉務中と違ってほどかれた黒髪は艶やかな光沢を帯び、薄い肩に垂れている。

夜、雫と部屋で二人きりになるのは初めてではない。でも、釣られて正座してしまう。なんとなく、カーテンも開け放したままだ。

源神社の境内は、周囲を背の高い木々に囲まれている。この家は社務所の裏手にあるので、窓のすぐ外の夜は闇が濃い。でも木々の隙間からは、一晩中消えることのない横浜のネオンに照らされ、白《しろ》んだ空が見える。今夜は雲が点在し、白に複雑な凹凸《おうとつ》を与えていた。そこに月明かりも加わり、色が渾然《こんぜん》としている。

この半年、何度もここから外を眺めているけれど、夜をこんな風に感じたのは初めてだ。

唾を何度も喉に落としてから、ようやく口を開く。

「お疲れさまでしたね。宮司の依頼を果たしたけど、今回は大変だったでしょう。清宮くんとつき合うふりまでするなんて」

「清宮くんに関しては、壮馬さんを騙すようなことをして申し訳ありませんでした」

「気にしないでください。タイミングがタイミングだけに焦ったけど」

「タイミング？」

「なんでもありません」

あの日、俺が告白しようとしていたなんて想像もしてないのだろう。

雫は怪訝そうにしつつも、小さく首を横に振る。

「美鈴さんも、内心穏やかではなかったと思います」

「でも、そのおかげで美鈴さんは救われたじゃないですか」

琴子さんへの謝罪を済ませた美鈴さんの表情は、アンドロイドに見えたことが信じられないほどやわらかだった。清宮くんの目を真っ直ぐには見られないようだったけれど、ぽつりぽつりと言葉を交わしながら帰ってもいった。もう心配なさそうだ。

「美鈴さんだって、雫さんに感謝していたと思いますよ」

「そうは思えません。わたしが悪気なく対応しているのに、からかっていると誤解してましたから。今後はあまり話をしない方が、お互いのためです」

薄々察してはいたが、やっぱり悪気はなかったのか。苦笑を隠しつつ言う。

「でも美鈴さんは、帰り際こう言ったじゃないですか」

――また明日、学校でね。

雫の口が小さく開いた。俺の口許には、自然と笑みが浮かぶ。

「美鈴さんは雫さんに感謝して、友だちだと思ったから、ああ言ったんですよ。雫さんだって、素顔で話せる友だちは貴重なんじゃないですか」

「参拝者さま向けの愛嬌を振り撒くわたしもわたしです。その状態で接している友だちだって大切です」

「失礼しました。でも美鈴さんのことも、友だちとして同じくらい大切にしてあげてください。距離をおく必要はないですよ——無理に」

雫の表情が、冷たさと硬さを増した。いつもより一層、氷を思わせる。俺はそれを臆さずに見据えて告げる。

「雫さんは、美鈴さんのために嘘をついたんだから」

「嘘？」

さぐるように見上げてくる雫に頷く。

「御神体は、海なんかじゃないんでしょう」

心なしか、雫の背筋がより真っ直ぐになった。

「なぜ、そう思うのですか？」

「本当に御神体が海なら、ありえないものがあったからです」

兄貴に、御神体が収められていた木箱を手渡されたときのことを思い出す。箱は空だったけれど、なにも入ってなかったわけではない。

「木箱の隅の方に、粉末状の茶色いものがありました。見覚えがあると思ったけど、錆《さび》だったんじゃないかと思うんです」

だからあれを目にしたとき、ブリキの箱が思い浮かんだのだ。子どものころ玩具をしまい込んだまま何年も放置していたあの箱は、見つけたときすっかり錆《さ》びついていた。それが触れるのを躊躇した理由だ。箱と錆、二つの共通項が、この記憶を呼び覚ましたに違いない。

これは木箱にあった茶色い粉末が「錆に似ている」というだけの話であって、「錆である」証拠にはならないが、

「宮司に言って木箱の中をもう一度見せてもらえば、錆であることは確認できます。見ても問題ないですよね。本当にあの木箱が、御神体が海であることを隠すためにつくられたものなら」

「宮司さまのご判断次第でしょうね」

素っ気なく言う雫は、粉末が錆だったことは否定していない。いや、できないんだ。その事実に背中を押され、話を進める。

「本当に御神体が海で、木箱が空だったなら、錆が落ちているはずありません。今剣かどうかは別として、木箱の中に『錆が浮き出るくらい古い金属製のなにか』が入っていた証拠です」

「それですと、遷宮のとき三代前が空箱を持っていたことの説明がつきませんが」

「源神社の宮司は、代々、御神体の詳細を伝え聞き、さまざまな掟を課せられています。持ち方も、その一つなんです。この神社に伝わっていた義経流の剣術は、数々の義経伝説に倣って、軽やかに刀を扱い、舞うように動き回るものだったらしいですね。御神体である今剣も、そんな風に軽やかに取り扱う掟なんだと思います。三代前は、遷宮のとき既に高齢だったけどこれに従った。雫さんは御神体が海だから木箱は空だったと言いましたが、三代前はそう見えるような持ち方をしていただけ。これで説明がつきます」

三代前が持つ木箱は、空のように見えて、本当に空——ではなく、やはり中身はあったのだ。

今剣とされる御神体という、中身が。

「壮馬さんのお話で説明はつきますが、証拠はありません。御神体に関する詳細は代々の宮司さまだけに伝えられるものですから、確かめようもありませんね」

「でも木箱の中に、それなりの重さがあるものが入っていたことは間違いありません」

「なぜ言い切れるのですか」

「座布団です」

刹那、雫の氷塊の瞳が俺から逸れた。

「宮司にBlu-rayを借りて、遷宮の動画をテレビで観てみたんです。スマホの小さなディスプレイではわからなかったけど、三代前が持ち上げる前、木箱は座布団に三分の一ほど沈んでいました。御神体がなくなっていることがわかったとき、俺は宮司に調べるよう言われて木箱を持ちましたけど軽かったですよ。中に重たいものが入ってなかったら、座布団にあんな風に沈み込みません。三代前は、本当は重たいのにそう見せないように木箱を持ったとしか考えられないんです」

「では桐島さんが犯行声明を見つけたあの日、御神体はどこにあったのですか？　特別なとき以外、本殿から持ち出してはいけない掟なのですよ？」

そう、これがネックだった。御神体を隠したいなら、どこかに持ち出すのが手っ取り早い。でもこの神社には、いま雫が言った掟がある。本殿から持ち出した盗賊を境内から出る前に捕まえたのに、自害させられた宮司までいると伝えられているのだ。現代では自害はないにしても、おいそれと本殿から出せるものではないが。

「掟に従うなら、本殿から持ち出さなければいいんです。あのときも御神体は本殿の中にあったんですよ、武具に紛れて」

本殿の内部は左右に、義経に捧げられた刀剣が壁に掛けられたり、鎧兜が並べられたりしている。数は優に百を超え、サイズも年代もさまざま。奥の壁際にもずらりとある。

雫は首を横に振った。

「御神体は、常に丁重に扱わなくてはなりません。鎧の中に隠したり、なにかの陰に置いたりといった扱いはできないから、紛れ込ませようがありませんよ」

「ですから、堂々と掲げられていたはずです」

あそこに並べられた武具の掃除や手入れは、兄貴しかやってはいけない決まりだ。俺たちは、どこにどんな武具があるのか把握していない。しかも新たなものが頻繁に奉納され、神事のタイミングや季節によって配置が変更になることも珍しくないのだ。一つくらい見覚えがないものが交じっていても気づかない。

ましてやあのときは御神体の盗難という一大事に直面し、空の木箱に目を奪われていた。武具を眺めている余裕なんてなかった。

御神体はすぐ傍にあったけれど見てはいない、ということ。

「何人《なんぴと》たりとも見てはいけない」という御神体の基本原則は守られている。

――雫ちゃん以外、視界に入ってなかったみたいだね。人は、見ているようで見えていないことが案外多い。

セーラー服姿の雫に見惚れる俺の傍にいつの間にか立っていた兄貴が、言ったとおりだ。

「こんな大それたことを、巫女の雫さんだけでできるわけありません。宮司も絡んでいるはず。少なくとも御神体を木箱から出すことに関しては、あの人がやったんです。桐島さんが神棚の換気をする前に御神体を移動させたということは、犯行声明が置かれていることにも気づいていたんですよね」

雫の大きな瞳をじっと見つめる。答えるまでいつまでもそうしているつもりだったが、返事は思いのほか早かった。

「宮司さまが御神体を木箱から出したのは、剣道部の必勝祈願をした日、武具の手入れをするため本殿に入ったとき。おそれ多いので手袋を嵌《は》めて、視界に入れないようにしてお移ししたそうです」

認めた――。膝に置いた手に力がこもる。

「宮司職に就いた際に木箱を手にしたので重たいことはわかっていたそうですが、手袋越しに触れた御神体――今剣は想像以上にずっしりしていたとおっしゃってました。刀身が再合成されたという伝説は本当なのかもしれません。伝承にある『変化自在』は、このことを示唆しているのかもしれません」

「それだと『放光永劫』の説明がつきませんよ、刀身が錆びていたんですから。いくら箱にしまわれていても、完全に密閉されているわけじゃないから錆びて当然ですけどね」

軽い気持ちで笑ったが、雫は二人しかいないのに声をひそめた。

「宮司さまの手袋は、鎺金《はばきがね》――視界に入れていないので、厳密にはそう思《おぼ》しき部分ですが、そこに触れた箇所にだけ、錆がついていたそうです」

「鎺金って？」

「刀身と鍔《つば》が接する部分にはめる金具のことです。刀を鞘《さや》に入れたときに抜け落ちたり、刀身が鞘の内側に触れたりしないようにするために用いられます。現在は金や銀などを素材にした装飾性の高いものがつくられていますが、昔は鉄が使われることが多かったようです。箱の中の錆は、刀身ではなく、ここからこぼれ落ちたもの。『放光永劫』の伝承も満たしています」

笑いがとまった。

もしかしたらこの神社の御神体は、本当に源義経の守り刀、今剣かもしれなくて。かつての刀身が再合成されたものかもしれなくて。科学では説明のつかない理由で、いつまでも刀身が錆びつかないのかもしれなくて。

それがあの日、視界のどこかにあった。あのとき感じた、息を吸うことすらためらわれるほどの異様な緊迫感は、それが原因……？

信心がないにもかかわらず、身体の内側から粟立《あわだ》つような感覚を抱いた。それを振り払うため、勢いをつけて訊ねる。

「宮司は、いつから美鈴さんが怪しいと思っていたんですか？」

「夏越大祓式の、巫女のバイトの面接に来たときです」

「……早すぎませんか」

「『美鈴さんを一目見て、なんとなく琴子さんに似ていると思った。さぐりを入れるため、家族についてさりげなく質問して話をさせているうちに、笙子さんの孫かもしれないと考えた。自分は笙子さんと面識がないのでその場では断定できなかったけど、後日、調査会社に笙子さんの消息を調べてもらって間違いないことがわかった』とおっしゃってました」

美鈴さんは、面接で話を盛り上げているつもりで、その実、兄貴に乗せられていたんだ。

雫は続ける。

「美鈴さんは源神社になにかわだかまりがあって、笙子さんの孫であることを隠して巫女のバイトをしようとしているのかもしれない。もしそうなら、それから解放してあげたい。宮司さまはそう考えて、美鈴さんを採用なさったとのこと。美鈴さんが本殿の方をちらちら見ているので、御神体になにかするつもりかもしれないと警戒なさってもいたそうです。

宮司さまが犯行声明を見つけたのは、夏越大祓式が終わったすぐ後。防犯装置に異状はないし、木箱が重かったので御神体は盗まれていない。となると犯行声明を置いた理由は、御神体の有無を確認するため。笙子さんが御神体を授けられたかどうか知りたいのではないか──宮司さまは、そう推理なさったんです」

最初からそこまで……。間違いなく、雫以上の「名探偵」だ。

「そこまでわかってるなら、どうして雫さんに任せたんですか」

「推理どおりなら、宮司になりたくてもなれなかった大伯母の話になることは避けられず、琴子さんが苦しい思いをする。そうなったら自分は、美鈴さんをうっかり精神的に再起不能になるくらい追い詰めてしまうかもしれない。雫ちゃんに任せたい、と言われました」

うっかり精神的に再起不能……。

「それは建前で、わたしが同世代の子と接する機会をつくりたい、というお気持ちが強かったのでしょう。宮司さまなら穏便な解決方法をいくらでも思いつくでしょうし、高校生にそこまでするはずありませんから」

雫は本気で言っているようだが、そうだろうか。

——こう見えて、いざとなると後先考えないタイプなんだ。

兄貴が発した言葉に別の意味があった気がしてならなくて、先ほどとは違う理由で粟立った。

——栄ちゃんなら氏子さんたちに不審に思われる間もなく解決しちゃいそうだけど。

琴子さんのあの勘は正しかったことになる。

兄貴も兄貴だけど、あの人も大概だ。

「雫さんはいつ、宮司から美鈴さんの話を聞いたんです?」

「七夕祭りの翌日です。どんな手を打つべきか、宮司さまと密かに話し合いました。清宮くんには悪いと思いましたが、美鈴さんについて相談されたことも報告しましたよ。合格発表の後は、恋人のふりの練習も兼ねて清宮くんと境内に来ることもお伝えしました」

じゃあ兄貴は、雫が清宮くんをカレシとして連れてくることを知っていたのか。それを黙っていた上に、頰を小刻みに痙攣させながら「大丈夫、壮馬?」なんて言ったのか。

俺を応援するつもりなんて微塵もないだろう、絶対!

「宮司さまの推理が正しければ、美鈴さんを簡単には救えません。『御神体は現在も源神社に祀られている』と主張したところで、何人《なんぴと》たりとも見てはいけないという性質上、本物であることは証明できないからです。『おばあちゃんが授けられた方が本物で、祀られているものは偽物』と言われたら水掛け論になります。だから、笙子さんが授けられる形状ではないことにするために、『御神体は海』と思い込ませることにしたんです。

　笙子さんは神社界を去る前に、御神体が入った木箱を一度手にしています。御神体との最初で最後の接触ですから、そのときの感触を――『重たい』ということを美鈴さんに伝えているはず。それを否定すれば、笙子さんの話は冗談にできる。御神体の実体を偽ることになりますが、義経公も許してくださる。そう思って、宮司さまに御神体を木箱から持ち出していただきました」

「笙子さんが御神体の持ち方に関する掟を知っているとは考えなかったんですか？　それを美鈴さんに伝えていたら『三代前が持っていた木箱が空』と主張しても無駄でしたよね？」

「笙子さんは正式に宮司になったわけではないから、まだ掟は授けられていなかったはず。それにこの数十年の間に御神体が本殿から持ち出されたのは、遷宮のときの一度だけです。そのときの三代前の木箱の持ち方だけで、笙子さんが御神体を軽やかに持つという掟に気づいている確率はゼロに近いと踏みました」

　なるほど。

「そこまで手間のかかることをしたのは、笙子さんの話が冗談ではないかもしれないからですよね」

「――そうです」

　雫が答えるまで、覚悟を決めるような間があった。

「神社界の男尊女卑は根深いものがあります。琴子さんですら思い悩むほどです。笙子さんの時代は、いま以上だったでしょう。そのときの記憶に蝕《むしば》まれ、自分が御神体を授けられたという妄想に取り憑《つ》かれたのではないか？　最初から、そう心配していました。杞憂《きゆう》であってほしかったのですけれど、美鈴さんの話を聞いたら――もしかして、急に亡くなったのも――」

雫はその先を続けなかったが、互いに同じ考えであることはわかった。

――おばあちゃんのあの真っ黒な目を見たら、そんなこと言えるはずない。

美鈴さんが口にした笙子さんの「真っ黒な目」が演技ではなかったとしたら――美鈴さんの言うとおり、源神社のほめ言葉を並べていたときだって、心の内では――。

「本当のところはわかりません。わたしにできることは、美鈴さんに冗談だったと信じさせること。彼女のためには、それが一番いいと思いました」

凜とした声音とは裏腹に、雫の視線は心許なく畳に落ちた。

「後悔はしていません。でも美鈴さんを騙したことに変わりはない。だから友だちとして接することが心苦しいんです。すぐ顔に出てしまうから、清宮くんにも本当のことは話してませんしね」

「その方がいいでしょうね」

みなとみらい駅に向かう電車内でのことを思うと、そう言わざるをえない。

笙子さんが宮司になれなかったことをどう思っていたのか。それはもう、永久にわからない。わかったところでどうしようもない。だから俺は雫に、自分がかけられる言葉をかける。

「それでも美鈴さんは、雫さんと友だちでいたいと思ってくれますよ。嘘には気づかなくても、想いは伝わっているはずだから」

「そうでしょうか」

「そうですよ」

そうでしょうか、ともう一度、独り言のように呟く雫に頷いた。

これで大団円だ。話は終わり。あまり二人きりでいると兄貴たちがからかってくるから部屋に戻った方がいいです、と言おうとした。

でも畳に落ちた雫の視線は、微かに上下に揺れている。俺に向かおうとしている瞳を、懸命に抑えつけるかのように。さっきの、覚悟を決めるような間も思い出す。

だから、告げた。

「雫さんの目的は、美鈴さんを救うことだけではなかったんですよね」

瞳の揺れが、速く大きくなった。

「なぜ、そう思うのですか」

「無意識のうちに、なんとなくわかっていたのかもしれません。直接のきっかけは、さっきの雫さんと清宮くんの会話ですけどね」

雫はつき合うふりをしているのに、清宮くんに全然どきどきしなかったという。せいぜい、必勝祈願の一件が解決した後くらい。葉月さんが教室を出ていった後、光を撒き散らすような笑みを浮かべた清宮くんに雫が動揺を見せた、あのときだろう。

でも雫は、その後も清宮くんの前で頬を赤く染めたことがあった。清宮くんを好きになりかけているのではと心配したが、別の理由があったということだ。

気になったことは、それだけではない。

福印神社の御朱印を巡る騒動に答えを出し、芽依さんが帰った後。自分には謎解きしかできない、と無力感を漂わせる雫に、それで救われた人がたくさんいると声をかけると、雫の瞳はほんのわずかではあるが揺らめいていた。

俺が「御神体は紙で、美鈴さんは粘着力のあるテープを先端につけたピアノ線を差し込んで盗み出した」という（いま思えばトンデモ）推理を論破された後のこともある。これで雫が「光貴さんたちの正式参拝を拒否してほしい」という美鈴さんの依頼を受けなくてはならなくなった、と俺ががっかりすると、雫は双眸を苦しそうに潤ませ居間から出ていった。

そして先ほど。笙子さんの謎解きを終え本殿から出ていく雫は、俺の方を見ようとしなかった。途中で何度も肺に空気を補充し、ようやくそこまで語ってから、最後に口にする。

「雫さんは、俺を試していたんじゃないですか。嘘をついて美鈴さんを救おうとしている企みに、気づくかどうか。それが後ろめたくて、無意識のうちに頬が赤くなったり、目が潤んだりした。さっき本殿から出るときは、いよいよ結論が出ると思って俺と目を合わせることができなかった」

自分でも本当に性格が悪いと思います――光貴さんと千歳さんの件が解決した後で雫がそう口にしたのだって、後ろめたいからだったのだろう。

「それは……」

「『正義』が花言葉のリンドウから、目を逸らしたこともありましたよね」

雫の顔を覆う氷が融け、伏し目がちの双眸が細くなっていく。それは喜んでいるようにも、苦しんでいるようにも、怒っているようにも、恥ずかしがっているようにも見える表情だった。

「壮馬さんの推理力と思考力は、完璧に把握しています」

昨日と同じように真剣そのものの口調で、雫は言う。

「わたしが美鈴さんにしたことを見抜けるはずがないんです。宮司さまの力だってお借りしているのですから。壮馬さんが見抜けるとしたら、自分も同じことをしたことがあるからとしか思えません——そう、同じことです」

同じこと、という一言がスイッチとなったように、雫の視線がゆっくりと持ち上がった。揺れていたのが嘘のように、瞳が俺に固定される。

「わたしは、亡くなった笙子さんの気持ちのことで嘘をついて、美鈴さんに前を向いてもらいました。壮馬さんも、わたしに同じことをしたのではありませんか。姉のことで嘘をついたのではありませんか」

雫の大きな瞳の中では、さまざまな感情が千々に入り乱れていた。雫自身も、どの感情に心を委ねていいのかわからないのかもしれない。

瞳の中にあるものをすべて、鷲づかみにするように見つめて、俺は口にする。

もう引き返せない、雫との関係が決定的に変わる一言を。

「そうです」

雫の企みを見抜けたのは、俺だけの力ではない。兄貴が、さりげなくヒントをくれたおかげでもある。

あの兄貴が、木箱の中にあった錆を見落とすはずがない。俺に見せるため——御神体が海ではないと気づかせるため、そのままにしておいたのだろう。俺に木箱を調べるように言ったのは、持たせて、木箱自体は軽いことを悟らせるため。

「人は、見ているようで見えていないことが案外多い」という思わせぶりな言葉だって、御神体の在《あ》り処《か》のヒントだったのではないか。

一応、応援もしてくれていたんだ。

それでも雫の言うとおり、いつもの俺ならヒントを見落とし、なにも気づかなかっただろう。

「壮馬さんは、神社が元人間の方々を神さまとしてお祀りすることが、生者の都合で死者を利用しているようで抵抗があるのでしょう。だから信心ゼロなのでしょう。なのに、どうしてお姉ちゃ……姉を――亡くなった人を利用するようなことを――」

雫の声は徐々にか細くなり、語尾にたどり着くことなく消えた。

「わかってるんでしょう」

雫の華奢《きゃしゃ》な体躯が、はっきりと強張った。居住まいを正した俺は、雫が清宮くんを連れてきたあの日、言おうとして言えなかった言葉を唇に乗せる。

七夕祭りの夜から、ずっと秘めていた言葉を。

雫への想いを、ありったけ込めて。

「俺は、雫さんのことが――」

その瞬間だった。

――わたしは、お姉ちゃんの気持ちがわかってなかったの！

雫の叫び声が、たったいま鼓膜を揺らしたかのようにはっきりと蘇った。

言葉が紡げなくなる。なんで？　どうして？　ずっと言おうとしていたのに。雫だって、俺の気持ちがわかっているはずなのに。

雫は、じっと俺を見つめている。あんなに乱れていた瞳の中の感情は嘘のように凪《な》ぎ、たった一つに収束しているように見えた。その感情をなんと呼んでいいのかわからない。でも未知の世界に放り込まれた小動物のような目をしていて——いまは言うのをやめた方が——なにを言ってるんだ、ここまで来て——でも——。

迷いを引きずったまま、俺はもう一度唇を動かす。

「俺は、雫さんのことが——」

◎参考文献

『「日本の神様」がよくわかる本　八百万神の起源・性格からご利益までを完全ガイド』戸部民夫（ＰＨＰ文庫）
『嫁いでみてわかった！　神社のひみつ』岡田桃子（祥伝社黄金文庫）
『知っておきたい日本の神話』瓜生 中（角川ソフィア文庫）
『巫女さん入門　初級編』神田明神／監修（朝日新聞出版）
『巫女さん作法入門』神田明神／監修（朝日新聞出版）
『プレステップ神道学』阪本是丸、石井研士／編（弘文堂）
『神社検定公式テキスト１　神社のいろは』神社本庁／監修（扶桑社）

この物語は作者の想像を織り込んだ完全なフィクションです。実在の人物及び団体とは一切関係ありません。現実の神社と異なる点は、作者の誤解あるいは創作であり、その責任はすべて作者にあることを明記致します。

本書は書下ろし作品です。

天祢　涼（あまね・りょう）

1978年生まれ。『キョウカンカク』で第43回メフィスト賞を受賞し、2010年にデビュー。2012年『葬式組曲』が「本格ミステリ・ベスト10」2013年版で第7位になり、2013年に第13回本格ミステリ大賞の候補、同書収録の「父の葬式」が第66回日本推理作家協会賞（短編部門）の候補に選ばれた。2017年刊行『希望が死んだ夜に』はロングセラーになり、2020年刊行の『あの子の殺人計画』も発売後増刷を重ねている。2018年刊行の『境内ではお静かに　縁結び神社の事件帖』は好評を博し、2020年に第二弾『境内ではお静かに　七夕祭りの事件帖』を刊行。本書は第三弾となる。

境内《けいだい》ではお静《しず》かに　神盗《かみぬす》みの事件帖《じけんちょう》

2021年5月30日　初版１刷発行

著　者　天祢《あまね》涼《りよう》

発行者　鈴木広和

発行所　株式会社 光文社

〒112-8011　東京都文京区音羽1-16-6

電話　編　集　部　03-5395-8254

　　　書籍販売部　03-5395-8116

　　　業　務　部　03-5395-8125

URL　光　文　社　https://www.kobunsha.com/

組　版　萩原印刷

印刷所　萩原印刷

製本所　榎本製本

ISBN978-4-334-91404-2